講談社文庫

彼女のこんだて帖

角田光代

講談社

彼女のこんだて帖　目次

ストーリーに登場するごはんの、おいしいレシピ

彼女のこんだて帖

1回目のごはん

泣きたい夜はラム

立花協子のこんだて帖

日曜の夜は肉だろう。駅で康平の背中を見送りながら、立花協子はむやみにそうくりかえしていた。ベージュのコートを着た康平のうしろ姿は、ホームへと続く階段をあがっていく。おんなじようなコート姿が康平を隠すようにしてホームへとあがっていくが、協子の目に康平の背中は、まるで光を放っているようにいつまでも目をとらえた。コートが下半分になり三分の一になり、グレイのズボンが見えなくなり黒い革靴が見えなくなってしまってようやく、協子は隣のホームに続く階段へと向かった。

肉だ、肉しかない。ほかのいっさいを考えないように、満員電車のなかで協子は考え続けた。じんわりとやわらかい松阪牛を奮発するか、それとも黒豚でしゃぶしゃぶにするか……いや、もっと歯ごたえのあるものがいい。かぶりついて、顎《あご》に力をこめて引きちぎって、もぐもぐ豪勢に嚙めるようなものがいい。

乗客はほとんどが酔って赤い顔をしていた。赤い顔を近づけあって夢中で話す恋人同士。馬鹿笑いする中年サラリーマンのグループ。お花見の席みたいな、素っ頓狂に明るい雰囲気が車中に満ちている。人と人の合間から、夜の町を映す窓ガラスが見える。そこに映っている自分を協子はぼんやり眺める。両足を踏ん張って仁王立ちしているような、りきんだ顔をしているのが、なんだかおかしかった。今にも泣き出しそうな顔をしているかと思ったのに、案外わたしって頑丈なんだな。協子は思う。

羊、ふと思いつく。そうだ羊にしよう。カロリーが低く脂肪になりにくいって、同僚のけいちゃんが力説していたことを思い出す。分厚くて新鮮なラム肉。日曜の夜のメインはそれに決まりだ。雪亘は大きく揺れ、呂革を握る手に協子は力をこめる。

康平とは四年間交際した。ほとんどの週末をいっしょに過ごした。だから、今度の週末は、四年ぶりにひとりの週末ということになる。泣いて過ごすのはいやだ。思い出にひたって過ごすのはいやだ。つけ放しのテレビを放心したように見て過ごすのはいやだ。四年ぶりのひとりの週末、できるならば、祝福してやろうじゃないの。窓ガラスのなかの協子の顔は、ますます力強くりきむ。

帰宅し、ソファテーブルに置いてあるコンピュータを立ち上げる。床にだらしなく座り、クレンジング液を含ませたコットンで顔を拭きながら、協子は検索をくりかえす。羊肉を売る全国津々浦々の店舗のホームページに目を走らせていく。ジンギスカンばかりが多く、ステーキ肉というのが意外に少ない。見つかっても、冷凍販売だったりする。

化粧がさっぱりと落ちるころ、あるホームページにたどり着いた。山形県のお肉屋さんのホームページである。ステーキ用の骨つきラムがあり、冷蔵のまま宅配してくれるらしい。羊肉ばかりでなく、スペイン直輸入の生ハムやベーコンも売っている。おおざっぱに値段を計算しながら、協子は気に入ったものを買いものカートに入れていく。

わくわくしていることに協子は気づく。恋人がもうこないであろう部屋のなかで、数時間前に別れを告げられたばかりの自分が、わくわくしていることに。かみさま、と協子は心の内でささやく。かみさま、この気分が、どうぞ週末まで持続しますように。

土曜日は朝早く起きて、シャワーを浴び、化粧をし、気に入りの服を着て、買いものメモをポケットにしのばせて、協子は都心に出向いた。明日の夕食のための買い出しである。デパートに向けて歩き出しながら、ふと協子は、足元がぐらつくような感覚を覚える。貧血か、と一瞬思ったがそうではない。記憶が色濃すぎて、現実の光景を歪ませているのだ。この道を何度も何度も康平と歩いた。季節の変わり目には新しい服を買いにデパートを目指したし、食事をする店が決まらないときはよさそうなレストランを捜してうろついたし、映画の上映を待つ時間もひまつぶしにぶらぶら歩いた。

これからはひとりだと、体が理解したんだろう。そのことにちょっと驚いて、軽いめまいを感じたんだろうと協子は納得する。本当に、ずっと隣にいただれかがいなくなるということは、足元がぐらつくほどさみしいことなのだと、協子ははじめて知る。それでも歩かなくてはいけない。とりあえず、買いもののメモを握りしめて、デパートにたどりつかなければいけないのだ。ラム肉やイベリコ豚の生ハムを選んだときのわくわく感を取り戻すべく、協子は急ぎ足でデパートに向かう。

デパートの地下食料品売場は、人でごった返している。カップルやおばさんグループや老齢の夫婦や。彼らの合間を縫い、買いもののメモに従って協子はフロアを行き来する。他の客をかき分けるようにしてショーウィンドウに近づき、ドイツパンの専門店でパンを選び、酒売場でワインを選び、調味料売場でオリーブオイルを吟味する。

両手に荷物を抱え上階へと移動し、テーブルクロスを手にとって眺め、風船型のワイングラスを見比べる。予算はとうにオーバーしていたが、必要経費だ、と協子は自分に言い聞かせレジへと向かう。必要経費だ、私が元気になるための。

翌日曜日、協子は起きるなり窓を開け放ち掃除をはじめた。ひととおり掃除を終え、こざっぱりした部屋をぐるりと見渡してみると、窓から入りこむ空気のにおいが、春めいていることに気がついた。なんとなく霞《かす》んだような、あまやかなにおいである。窓からは隣家の庭が見下ろせる。柿や松や棕櫚《しゅろ》に混じって、梅の木がある。着色したようにあでやかな桃色の花が満開である。

窓を開け放ったまま、協子は料理のしたごしらえをはじめる。サニーレタスをちぎり玉葱のスライスを水につけ、じゃがいもを拍子木切りして、そら豆をやわらかく茹であげる。眠るような黄緑だったそら豆は、湯のなかでふいに目覚めたように、鮮やかな緑色に染まる。こんなところにも春があると思い、協子の口元はゆっくりとほころぶ。

午後六時。たったひとりの、記念すべき晩餐がはじまる。ダイニングテーブルには真新しいテーブルクロスがかけられ、中央にはチューリップをいけたガラス瓶が飾られている。ワインを開けるとき、ちらりと協子は康平のことを思い出した。コルクを抜くのが康平はうまかった。康平といる限り、コルクを抜き損ねるという失敗と無縁だと、協子はいつも思っていた。

レタスと玉葱、セロリとトマト、オリーブをざっくり合わせた上に、生ハムをのせパルミジャーノの薄切りをどっさりのせ、オリーブオイルと酢をまわしかけただけのサラダが前菜である。

「おいしいじゃないの」協子は声に出して言う。「スープも試してみよう」器にそら豆のポタージュを移し、席に戻る。「わたしって天才かも」一口飲んで協子は思わず言い、言ってから、康平の声を思い出す。きみって天才かも。

何か料理を作るたび、康平は大げさに言ったものだった。うまい！　きみって天才かも。

康平にも食べさせたいと思っている自分に協子は気づいてしまう。いけないいけないけない、こんなことではいけない。協子は立ち上がり、オーブンからメイン料理を取り出す。ハーブの香ばしいかおりが力強く流れ出る。

塩胡椒したラム肉を、オリーブオイルとオレガノに数分浸したものを、焼いただけの料理である。つけあわせは、こんがり揚げてやっぱり塩とオレガノをまぶしたポテト。サラダもスープも中途半端に残したまま、協子はメイン料理に取りかかる。骨から肉をていねいに切り離し、口に入れる。オレガノの風味と、かすかな野生味が口に満ちる。思ったよりずっとおいしかった。肉は嚙めば嚙むほど味わい深かった。嚙みくだいて飲みこむと、そのままエネルギーになるような力強い弾力があった。

康平と過ごした四年間は、考えてみればこのラム肉みたいなものだったと協子は思う。交わした言葉が、笑い合ったささやかなことが、言い合いしたつまらないことが、相手のことを考えた時間が、ともに目にした光景が、まわし読みした小説の一節が、すべてゆっくりと消化され、わたしの栄養になりエネルギーになった。それは失われたのではなく、今もわたしの内にある。あり続ける。

それで協子は気づくのだ。無理に忘れることなんかない、ましてうち消すことなんかない。だってわたしは得《え》こそすれ、なんにも失ってなんかいないんだから。

肉厚のラムチョップを三本食べたところで、満腹になった。皿に残った骨を見おろし、協子は思う。このさみしさも、ラム肉みたいにしっかり嚙んで味わうべきなんだ。それさえわたしの栄養になるに違いないのだから。

2回目のごはん

恋のさなかの中華ちまき

榎本景のこんだて帖

人を好きになるたび、これは正真正銘の恋だと榎本景《けい》は思う。今までとは違う、本物の恋で、これがきっと最後になるはずだ、と。けれど不思議なことに、三ヵ月もすると、魔法がとけて王子が蛙に戻ってしまうみたいに、正真正銘だった恋はぐずぐずとかたちを崩す。こんなはずじゃないと思った景が相手をふることもあるし、こんなはずじゃないと苛立つ景に辟易し相手が去っていくこともある。

ともかく、景の交際最長期間は七ヵ月である（ちなみに最短は二週間）。「二十七歳にもなって、それはないんじゃないの」と、景の姉、衿《えり》も、学生時代の友人も口を揃える。そのたび景は真剣に問う。「じゃあどうすれば、最初のまんま恋が持続するの？」と。そうしてはまた、それが二十七歳の質問かと、みんなに呆れられてしまうのだが。

景には現在、交際五ヵ月になる恋人がいる。友人の紹介で知り合った、同い年の技術翻訳家で、五ヵ月前はやっぱり、景にとってそれは正真正銘の恋だった。けれど最近になって、早くも王子は蛙になろうとしている気配が感じられる。休日に、ドライブいこうと誘っても、彼、陽司は疲れたと言って寝てばかりいる。

最初はイタリア料理屋やフランス料理屋でデートをしていたのが、こないだ連れていかれたのは牛角である。ロードショーを見にいくよりは、自分のアパートに景を呼んでDVDを見たがる。洗濯物山積み、汚れ物はシンクに置かれたまま、隅に埃が渦巻いている陽司のアパート。片づけてくれ、なんて言われたら、その場で別れを切り出そうと最近景は覚悟を決めている。

「私が思うには、けいちゃんは、ドラマチック症候群だね」と、向かい合ってランチを食べながら同僚の協子が言う。「恋愛初期段階のもりあがりが、恋のぜんぶだと思ってるでしょ。明日があるけどいいや朝まで飲んじゃおうとか、ノリで名古屋までドライブしちゃおうとか、人目もはばからず地下鉄のエスカレーターでキスしたりとか」

「だって、中年夫婦じゃあるまいし、縁側でなんにも話さずお茶をすすって、八時過ぎに布団敷いて背中向け合って眠るような、そんなのは恋じゃないじゃん」景は反論する。

「ドラマチックな恋なんて破滅するしかないんだよ。生活しなきゃなんないんだから。二十五歳を過ぎたらね、生活と折り合いのつく恋愛じゃなきゃだめ」協子はしたり顔で言い、刺身定食のカンパチを口に入れる。

協子はきっと、そんな交際をしていたんだ。こっそり景は思う。何しろ四年だもんな。縁側で茶をすするような倦怠期に双方飽きて、それで別れちゃったに違いない。

協子が、長くつき合った恋人と別れたことは聞かされたが、原因を景は知らなかった。だからそんなふうに推測する。もちろん口には出さない。ようやく最近、協子はおもしろそうに声を出して笑うようになったのだ。恋人と別れるずっと前みたいに。

「けいちゃんて、恋人にごはん作ってあげたことないでしょう」ふと顔を上げ協子が言う。

「ないよ。だってそんなのつまんない。評判のレストランにいったほうが、ずっと楽しい」

「男ってのはつけあがるから、毎回作ってあげる必要はないと思うけど、でも一回くらい作ってみたら。おうちに呼んで、焼き魚とおひたしとお味噌汁の、じみぃーなごはんを、テレビ見ながら食べるようなデートを一回してみたら。こういうのもいいなって思うようになるよ」

うへ、そんなのまっぴらごめん、と思いながらも、

「はあー、そうっすねえ」

しおらしいふりをして景はおおきくうなずいてみせた。

五月の連休、景は海外旅行にいきたかったのだが、暦通りにしか休みがとれないらしい陽司には、無理な話だった。結局、なんの予定もないまま連休は近づいてくる。

「もう別れちゃおうかなあ」

姉の家のダイニングテーブルで、鼻をひくつかせ景はつぶやく。台所からはごま油の香りが漂ってくる。リビングでは、二歳になる衿の子ども、春香が、ドールハウスで遊んでいる。親指ほどの人形、そら豆ほどのベッド。ときどきこちらを向いて景に話しかける。うんうん、そうだねえ。景は適当に返事をする。

「ばかねえ、そんなことしてたら、あっというまにおばあさんよ、頑固で妥協のないひとりぼっちのおばあさん」

台所から衿の声がする。しゅうしゅうと、湯気のあがる音が聞こえてくる。おなかが鳴り、景は立ち上がってカウンターキッチンの内側に入る。ガス台には大きな蒸籠《せいろ》がのっている。

「何ができるの？　いつできるの？」

子どものように景は訊いた。ひとり暮らしの景のアパートと、姉の住むマンションは二駅しか離れていない。景はしょっちゅう仕事帰りに寄っては、夕食をごちそうになっていた。

「もうすぐできるけど、あんたにはあげないわよ。憲一さんの好物なんだから」

「なーにそれ。じゃあ憲一さんにもらうよ」

「憲一さんは今日は遅いから、それも無理ね」腰に手をあて、妙に楽しそうに衿は言う。

結婚三年にもなる夫の好物を作って、じっと帰りを待つって、いったいどこが楽しいんだか、景にはわからない。けれどももちろん口には出さない。何を言われても今日の夕食はここで食べることに決めているのだ、姉の機嫌を損ねるわけにはいかない。

できあがったのは中華ちまきだった。竹の皮ではなくて、銀ホイルに四角く包んで蒸してある。あげないと言いつつ、衿は五つばかり皿に載せてテーブルに置く。

「サラダを作るあいだ、春香にも食べさせてあげて」と言われ、景は春香を膝にのせ、あつあつの銀ホイルを開ける。春香にあげる前に自分でひとつ食べてしまう。

「うわー、おいしい！　なんかのスパイスのにおいがする。あっ、うずらたまごが入ってる」

「はるかにもちょうだい、ちょうだいよう」春香がせがむが、無視して景は食べ続ける。

「かんたんなのよ、あんたも作ってみなさいよ。ちょっと、春香にも食べさせて」

「はいはい、わかってますよ」

もちもちしていて、いろんな具にしっかりと味がついていて、あつあつで、本当においしかった。ふうふうと息を吹きかけ冷まし、春香の口にも運んでやりながら、景はふと思う。陽司にも食べさせてあげたい。そうしてびっくりしてしまう。そんなことを思ったのは、はじめてだったから。

衿の書いたメモ通りに、景は調理をはじめる。賽《さい》の目切りにした人参と椎茸とごぼう、戻した干しエビと豚バラ肉を、一晩水につけたもち米といっしょに炒め合わせる。買ったばかりの五香粉《ウーシャンフェン》、砂糖と醬油、鶏ガラスープ。本当にこれだけであんなに複雑な味ができあがるものなのか。

銀ホイルより雰囲気が出るだろうと思い、竹の皮も買っておいた。熱湯に通してやわらかくして、炒めた具材を三角形に包むのが、景には一番難しかった。深夜の台所に、「ああもうっ」「くそっ」「なんなのよぅー」ちいさな独り言が響く。そのうちのいくつかにはうずらたまごを入れる。それが「当たり」なんだと衿に教わった。

そういえば、五月五日は男の子のお祭りで、この日にはちまきを食べるんじゃなかったっけ。景の家は姉妹二人きりだから、鯉のぼりもちまきもない。記憶にあるのは三月の色鮮やかなちらし寿司だ。子どものころにちまきを食べたかどうか、明日、陽司に訊いてみよう。なんとか三角形になったちまきを、鍋のなかに入れた簡易蒸し器に並べるころに、景は鼻歌をうたいながらそんなことを考えている。

明くる朝、台所に並んだちまきをひとつ、景は味見する。蒸したてのあつあつもおいしいけれど、一晩たって冷めたちまきにもまたべつのおいしさがある。冷凍しても、解凍後おいしく食べられると衿は言っていた。恋ってのもひょっとしたらそういうものかもしれない。別れちゃおうかなあ、なんてつぶやいたことをすっかり忘れて、今日の公園デートのために、景はわくわくと、ちまきを大判のハンカチに包みはじめる。

3回目のごはん

ストライキ中のミートボールシチュウ

工藤衿のこんだて帖

工藤衿にとって、いつもとまったく変わりのない金曜日だった。午前中に洗濯と掃除を終えて、昨日の残りものに手を加えたかんたんな昼食を作って娘の春香と食べ、春香が昼寝をしているあいだ今日買うべきものをメモ書きする。トイレットペーパーもそろそろなくなりそうだ、それからリンス、夕食の材料。目覚めた春香を連れて、三時過ぎ、衿はマンションを出る。まったくいつも通りの金曜日である。

マンションからほど近いクリーニング屋にいき、出しておいた憲一のYシャツをピックアップし、横断歩道を渡って続く商店街中程にある八百屋で、野菜だけを買う。

あ、しまった、と衿は思う。クリーニングは帰りにピックアップすべきだった、これじゃ荷物を抱えてスーパーにいかなければならない。いつもクリーニングは最後と思うのに、忘れて先に寄っちゃうんだよな。

このささやかな失敗に気がついたときから、衿のなかで微妙にちいさな変化が起きた。けれどそれには気づかずに、衿は商店街を軽やかに歩く。梅雨が近いらしいが、まるで夏のような陽気である。商店街の先、駅へと続く光景が、水に映ったようにゆらゆら揺れて見える。

「ママ、あのね、プール、いつやる?」衿の右手をしっかりと握りしめた春香が訊く。

「うーん、あともう少しかな。雨が降らなくなったら、パパがベランダにプールを出してくれるよ」

「雨、ないない」春香は最近よくしゃべるようになった。

「今日は降っていなくても、もうすぐ雨が降るんだよ。毎日毎日雨続き」説明するが、けれど春香は、雨、ないない、とくりかえす。あと何日かすれば梅雨という季節がやってきてそうしたら肌寒くなってプールどころではなくなって……と、春香に話してやることが、唐突に、猛烈に、衿は面倒になる。そうねー、ないないね、衿は口調を合わせ、それでその話は切り上げようとした。しかし春香は引き下がらない。

雨ー、プール、プールは? 雨、ないないよー。衿を追いつめるかのごとくくりかえし、そのたびに声が大きくなっていく。

なんだってこの子はこうもしつっこいの? 心のなかでだけ衿は言う。ちいさな変化は少しだけ大きくなり、軽やかな足取りがせかせかと速くなる。けれどそのことに衿はまだ気づかない。ママー、はーやーいー、という春香のクレームも聞き流し、駅前のスーパーマーケット目指して衿はずんずん歩く。

夕方にはまだ早いスーパーマーケットは空いていて、衿と似たような主婦がのんびりと買いものをしている。春香の手を引きながら買いものかごにメモ通りの食材を入れていく。お菓子の前で、あれを買えこれを買えと春香がぐずるのもいつも通り。買いものを終え、荷物が重くてげんなりするのもいつも通り。

衿が、自分の内に起きた変化に気がつくのは、スーパーマーケットを出て、駅前ロータリーにあるブティックの前を通りかかったときだった。

つい先月まで、あんまり客の入っていないラーメン屋だったはずの店舗が、いつのまにか明るい雰囲気のブティックに変わっている。ブティック「フラン」。開店したばかりなのか、軒先には見事な花がいくつも並んでいる。「あら、ぜんぜん気がつかなかった」独り言を言って、衿はショーウィンドウの前に立つ。二体あるマネキンは、どちらも夏の服を着ている。あざやかな花柄のワンピース、白いフレンチスリーブにストライプのフレアスカート。ショーウィンドウには背後の青空が映っていて、それらのファッションは青空によくはえている。店内には四十代半ばくらいに見える女性がいた。サファリシャツに、ベージュのワイドパンツを合わせた女性は、にこやかに接客している。そうして衿は、ショーウィンドウに薄く映る自分の姿に気がついた。紺と白のストライプカットソーに、ベージュのコットンパンツ。両手に提げた大荷物。さっきスーパーマーケットですれ違った主婦の五割が、似たような格好だった。動きやすくて、清潔感があるから好きだったその組み合わせが、名前も個性もなくしてしまったような「ザ・主婦」的格好に、衿には思えてくる。

そのときブティックのドアが開き、店主らしき女が「どうぞ、よろしければ」と衿に笑いかける。いきなり声をかけられぎょっとした衿は、ぎこちない笑顔で会釈して、そそくさとその場を立ち去る。またいらしてくださいね、と背後から声が聞こえた。

無視して悪かったなと、ちらりと衿は思う。きれいな人だった、私はあの人くらいの年齢になったとき、あんなふうにきれいでいられるかしら？

片手にはスーパーとクリーニングと八百屋の袋、片手で春香を引っぱって、急ぎ足で歩きながら、衿は、ようやくさっきから肥大し続けている気持ちの変化に気づくのである。今まで、いつもと変わらないことはつねに衿に安心感を与えてきた。けれど今や、いつも通りの金曜日、いつも通りの昼下がりに、飽き飽きしている自分がいる。毎日毎日、おんなじことのくりかえし、憲一はありがとうすらも言わないではないか。不当で理不尽な目に遭わされているとすら、衿は感じはじめる。「ママー、プリンいつ食べるー?」と訊く春香を無視し、衿はパンツのポケットから携帯電話を取り出す。

今日からストライキに突入します。と、衿はメールに猛然と打ちこむ。家事はすべて放棄します。こちらの要求は、温泉旅行もしくは夏服一揃えもしくはブランドもののバッグ。

そして鼻息を荒くして、送信ボタンを押した。

七時前に憲一が帰ってきた。両手にレジ袋を抱えている。リビングのソファに寝転がってテレビを見ていた衿は「早いのね」と、できるだけ感情のこもらない声を出す。

「だってストライキなんだろ、おれが作らなきゃ夕飯にありつけないんだろ」あたふたと言いながら、憲一はカウンターキッチンに入っていく。着替えもせずに、何を作るつもりなのか、流しの棚を開けたり閉めたりする音が聞こえてくる。料理なんかできるのかしら。小気味いい包丁の音が聞こえてくる。にんにくのにおいが漂ってくる。衿はそろそろと立ち上がり、キッチンをのぞきにいった。シャツの袖をまくり上げ、ボウルにひき肉を入れて憲一は懸命に練っている。顔を上げ、「おーい、春香ー」娘の名を呼ぶ。呼ばれた春香は転がるように台所に向かう。

「パパとおまんじゅう作ろう」

「おまんじゅう？」

「うん、ミートボール。泥団子作るみたいにさ」

二人はダイニングテーブルへと移動し、ボウルの中身を丸めてバットに並べていく。春香の作った、かたちにならないひき肉を、すばやく憲一は丸めなおしていく。

「料理、できるの」衿が訊くと、

「学生のとき、居酒屋でバイトしてたからね」憲一は得意げに答えた。春香は夢中になってひき肉を丸めている。

ぴったりと寄り添ってミートボールを作る父娘を、少し離れた場所から衿は見つめた。

ああ、私、結婚したとき、こんなふうな家庭を作りたいと思ったんだったなあ。そんなことを、ふと思う。

夕食は、ミートボール入りのトマトシチュウのようなものだった。サラダもなし、つけあわせもなし。薄く切った朝食用のバゲットがテーブルの真ん中に置いてある。

「野菜がたっぷり入ってるからこれ一品で栄養バッチリ」憲一は不安げな顔の衿に言う。たしかに、トマトスープには黄と橙のパプリカやズッキーニが色鮮やかに浮かんでいる。ミートボールを口に運ぶと、肉だけではない複雑な味がする。「セロリと椎茸とピーマン入り」憲一は衿の耳元でささやく。すべて春香の嫌いなものだ。正体がわからないほど、それらは細かく切ってある。スプーンで汁を口に運ぶと、タイムやオレガノの風味がした。「おいしい！」思わず衿が言うと、「おいひー」ミートボールをかじった春香も真似て言う。憲一は褒められた子どもみたいに顔をゆるませた。

「それでさあ、あのう、要求の件なんだけど、三つのうちのどれが一番……」と言いかけた憲一を、衿は遮る。

「四つ目の要求が思い浮かんだ。一ヵ月に一度でもいいからこうして夕食を作ってくれること。それだけでいいわ。温泉もバッグもいりません」

「えっ、そんなんでいいの？」憲一は目を丸くして驚いている。

「じゃ、二週間に一度」衿は急いでつけ加えた。

「レパートリーが持つかなあ」憲一は本気で心配らしく、宙を見据え何かつぶやいている。

「それから、おいしいものを食べたら私みたいに『おいしいっ』って正しくリアクションをすること」

「え、おれいつもおいしいって言ってない？」

「ときにはお礼も言ってくれること」

「あー、はいはい。すみませんねえ」

憲一はぺこりと頭を下げ、衿は笑い出してしまう。春香も真似して笑う。たまにはストライキもいいもんね、と衿はこっそり思う。まるで大昔に思えるけれど、結婚しようと決めたとき、こうありたいと思い描いた光景を、こんなふうに思い出せるのならば。

4回目のごはん

かぼちゃのなかの金色の時間

久喜桃子のこんだて帖

ブティック「フラン」の女主人、久喜桃子は、店内を物色する主婦がさげたビニール袋を見つめている。スーパーの袋からは、葱とごぼうが飛び出している。中身も透けている。人参に牛乳、里芋に筍の水煮。和食だわ、と桃子はこっそり思う。きっと煮物を作るんだわ、でも葱は何に使うのかしら。

「これ、洗濯機でも洗える？」主婦に声をかけられて、桃子は我に返る。

「手洗いの機能がついていれば、それにしていただいて。ついていないようでしたら、やっぱり手で洗うかクリーニングに出していただいたほうが、長持ちしますね」

「ああ、そう」がっかりしたような声を出し、主婦はサマーセーターから手を離し、笑顔で会釈をして店を出ていってしまう。ありがとうございました、と何も買わない客にも桃子は深々と頭を下げる。

先月は開店したばかりだったからか、かろうじて黒字だったが、今月はわからない。この町の女たちは、近所のブティックで衣類を調達することに躊躇はないと事前調査でわかってはいたが、なぜか六割の客が「自宅で洗濯できるか否か」を買いものののチェックポイントにする。嘘を言ってもしかたない、できないものはできないと正直に桃子は言うのだが、そうすると大半の客が、買わずに店を出ていってしまう。

ま、それもしょうがないか、と桃子は思う。洗濯機に耐えうるかどうかではなくて、素材と縫製がいいかどうかで、この町の女たちが服を手にしてくれる日もくるだろう。前向きに考えるのは、ブティックを開くことが長年の夢だったからだ。長年の夢が叶ったのだから、少しくらい赤字が続いたとしても苦にならない。要は続けること。良さを理解してもらえるまで、続けること。

また新しい客が入ってくる。ちいさな女の子を連れた主婦だ。ぺこりと桃子に挨拶して、棚に並べたノースリーブニットを手にとる。ママー、今日はカレー？と、ちいさな女の子が訊いている。「カレーじゃないわよ」主婦は恥ずかしそうに言い、桃子を見て照れたように笑う。

三十歳以上の女性をターゲットにした店である上、ファミリーが多く住む町だから当然のことだが、客層は断然家庭の主婦が多い。もちろん桃子もそれを見越していた。見越していたが、最近、彼女たちを見るとちらりと胸が痛む。食材で詰まったスーパーの袋や、ちいさな子どもを見ると、いつも。

息子、晶の幼い時間を、桃子はほとんど見ていない。離婚したのは二十五年前、晶が二歳になったばかりのころだった。夫の浮気が原因だったが、そんなことは晶の知ったことではないだろう。月々養育費は振り込まれたが、二人で生きていくのに充分な額とは言えなかった。晶を保育園に預け、桃子は働き続けた。平日はアパレル会社で事務をし、土曜日は友人のレストランを手伝った。毎日走っていた。走って会社にいき、走って保育園にいき、走ってスーパーにいき、走って家に帰る。ゆっくりと夕食を作ったことなど数えるほどしかない。出来合いの惣菜や冷凍食品やレトルト、ときにはインスタント麵ですませたこともある。中学にあがった晶のお弁当だって、何度購買部のパンですませてもらったことか。そのことを思い出すと、桃子は後悔で泣き出したくなる。それでも今までは、忙しくて思い出す暇もなかった。アパレル会社から支店を任されるようになり、晶が大学卒業とともに家を出、自分の店を持とうと決意したのが五年前、「フラン」開店までせわしなく動きまわって、晶がいなくなったさみしさを嚙みしめる余裕もなかった。

それが、ようやく開店にこぎつけた今、スーパーの帰りにふらりと立ち寄る主婦たちを見るにつけ、そのころのことばかりが思い出される。なんて幸せな人たちなんだろうと、接客しながら桃子はいつも思う。子どもに手作りのごはんを作ってあげられる母親、母親のごはんを食べられる子どもたち。なんて、なんて幸せな。

その日、桃子が自宅に戻って夕食を食べていると、電話が鳴った。受話器からは、知らない女の声が聞こえる。あの、私、マルヤマチカコって言います、突然お電話してごめんなさい。なんだかずいぶん幼く聞こえる声に、桃子は怪訝な顔で耳をすます。なんのご用でしょう、と尖った声で訊くと、

「かぼちゃのお宝料理っていうのを教えてほしいんです」と、その声は弱々しく言う。

「はあ？」

「あっ、言い忘れました、私、あの、久喜晶くんと、おつきあいさせていただいているものなんですが、晶くんが、あの、おかあさんのかぼちゃのお宝料理がすごくおいしかったっていつも言ってるんで、今度の誕生日、あっ、まだ先ですけ

ど、練習して、作ってあげようと思って。でも、どの料理本を見てものっていなかったんで、失礼を承知で、お電話してしまったんです」緊張しているのか、最後はほとんど泣き出しそうな声で言う。

「えっ？　かぼちゃの……」息子にガールフレンドがいることも知らなかった桃子は、混乱して絶句する。しかし、すぐさま、女の子が何を言っているのか理解して、「あっ、宝蒸しのことね」と大きな声を出した。

「そうです、そうです、お宝料理」安心したような女の子の声。

「お宝料理なんてすごいものじゃないわよ」桃子は笑い出す。笑い、そうしてまた、絶句してしまう。あの子、覚えていたんだ。年に一度、誕生日くらいはと手作りしていたあの料理。

「じゃあ説明するわね。メモの準備はいい？」

「はいっ、お願いします」電話線の向こうで、見知らぬ女の子が真顔になるのがわかり、桃子はちいさく笑う。

「かぼちゃを用意して、軽く蒸して上の部分を切って種とわたをくりぬくの。中身はね、鶏と豚のひき肉、きくらげ、グリンピースに人参、それを卵、塩胡椒、しょうが汁、酒、しょうゆと混ぜ合わせて、小麦粉をふったかぼちゃの内側に詰めるのね……」説明しながら、桃子は幾度も舌を噛まなければならなかった。そうしないと、泣き出してしまいそうだった。

なんにもしてあげられなかったと思っていた。ごく平凡な幸福の、範疇外の母子だと思っていた。あの子が思い出すのはいつも、走り去る私の後ろ姿だけだろうと思っていた。あの子が思い出すのはいつも、走り去る私の後ろ姿だけだろうと思っていた。――そうじゃなかった。私たちにも幸福な思い出があった。大きな蒸し器で蒸す丸ごとのかぼちゃ。ケーキのように切った一切れ。やったー、お宝料理だとはしゃいだちいさな晶。そうだ、大学生になっても、台所の鍋をのぞきこんであの子はやったー！と声をはずませた。

桃子は天井を向き、この数年作っていないレシピを思い出しながら、説明していく。

「それからそれを蒸しているあいだに、くずあんを作るの。かぼちゃが甘いから、たれは少ししょっぱめでいいわ。おだしに薄口醬油と塩にみりん、片栗粉でとろみをつけてね、そうすると、黄金色《こがねいろ》の、それは美しいあんができあがるから」

私の作った料理を、覚えてくれている。その味を、知っていてくれる。私と過ごした時間を、きちんと抱えていてくれる。私たちにも、たしかに光り輝く黄金色の時間があった。

「そうして、蒸しあがったかぼちゃをね、ケーキみたいに切って、あんをかける。ほんと、おいしいのよ」

「なんだか、すごく難しそうですね……」女の子の声はまたちいさくなる。

「だいじょうぶよ、思ったよりもずっとかんたん。ねえ、もし自信がなかったら、あの子に内緒で私のところにきてもいいわよ、練習につきあってあげるから」

「本当ですか」

「水曜日なら定休日だからだいじょうぶ。こっちまでくるのが面倒になったら、いつでも電話して。昼間はお店で、なかなか出られないかもしれないけれど」

「どうもありがとうございます」マルヤマチカコは何度も礼を言って電話を切った。

ねえ、マルヤマさん。電話を切った桃子は冷蔵庫から冷えたワインを持ってきて、心のなかでひっそりと話しかける。あなたがどんな人か知らないけれど、でも、お礼を言うのはこっちだわ。あなたはレシピよりもっとたいせつなことを教えてくれたんだもの。

桃子は器用にコルクを抜くと、グラスを出してそれに注ぐ。食べかけの夕食――レトルトのソースをかけたパスタ――に目を落とし、よし、明日は久しぶりに、何か料理を作ろう、と思い、グラスを宙にかかげ「かんぱい」とちいさくつぶやいた。

5回目のごはん

漬けもの名鑑

円山知香子のこんだて帖

久喜晶の母親に教わった料理は、はっきり言って失敗だった。晶はおいしいと言って食べてくれたけれど、あれは失敗だったと円山知香子は思っている。蒸しすぎたのか、火が強すぎたのか、かぼちゃはひび割れ中身が飛び出し、無残な有様になった。しかもくずあんは、流し入れた片栗粉がところどころでダマを作って、液体というより半固体状態だった。見かけじゃないよ、味だよ味、と晶は言ってくれたけれど、その味だって、うまくいったとは言いがたい。

晶に結婚を申しこまれたのは、先週の日曜日だった。映画を見て中華料理を食べて、駅へ向かう新宿の雑踏のなかで、明日は晴れるみたいだよ、というような口調で、おれら結婚しちゃおうよ、と彼はさらりと言った。

知香子がなんでも相談している職場の先輩、葉山ちかげは「かぼちゃで男を落としたか」と茶化したし、実際誕生日のかぼちゃ料理が功を奏したのかもしれないが、しかし、あれほど待ち望んでいたプロポーズの言葉を、知香子はすなおに喜べなかった。

今のところ世界一好きだと言える恋人は、どうやら私の劣等感を妙に刺激すると、知香子は件《くだん》のかぼちゃ料理の際に気づいたのである。まず晶は見栄えがいい。町を歩いていて、向こうから歩いてくる女性の大半は、まずはっとした顔で晶を見る。それから知香子に視線を移し、「へえぇ」という顔をする。「この程度の女でも大丈夫なんだ」という「へええ」であることを、知香子はよく理解している。

そして晶は、たいていのことをひとりでできる。アパートなんか知香子よりよほど片づいているし、料理だって断然にうまい。ミラノ風カツレツ、なんてものをいともたやすく作るのだ。はじめて晶が知香子のアパートに泊まったとき、風呂を貸したのだが、晶が帰ってから風呂場をのぞいた知香子は愕然とした。ところどころ黴のはえていた風呂場を、晶はぴかぴかに磨いていってくれたのである。うれしいどころか、はげしく落ちこんだ。

しかも「かぼちゃの宝蒸し」である。そんなハイカラな食べもの、知香子は家で食べたことがない。知香子の母親が作るのは、ほとんどが茶色い煮物である。母親の料理で洋食といえば、カレーとハンバーグのみである。ドリアもラザニアも牛肉の赤ワイン煮も、知香子は上京してはじめて口にした。

晶の母親に思いきって電話をしたら、女優みたいな若々しい声の女性がやさしく応対してくれ、安心しつつ知香子はそれにも愕然とした。会っていないからわからないが、きっと、雑誌のなかで笑っている、美しい成功者みたいな女性なんだろうと知香子は思った。自分の母親のように、年がら年じゅうウエストがゴムのズボンをはいているおばさんとは、根本的に違うんだろう。

そんな晶と結婚するということは、この先一生、劣等感を抱えて生きていくということだ。プロポーズされたとき知香子が考えたのはそういうことだった。それで、少し考えるね、と言ったのだった。それを聞いて晶はびっくりしたような顔をし、それから傷ついたような顔をし、どうにか笑顔を作ってうなずいた。

はっきりした返事をしないまま、次の週末がやってきた。この一年ほど、特別な計画のない土曜日、晶が知香子のアパートを訪れるような習慣になっている。そのまま二人で映画を見にいくこともあれば、買いものにいって夕食を作ることもあった（夕食を作るのはたいてい晶である。知香子にしたらじつにハイカラな夕食）。晶はいつもどおりやってきて、「天気いいから、いつか買ったフリスビー持って公園でもいこうかな」などと笑顔で言っている。

押入の奥に顔を突っこみ、ずいぶん前に買ったフリスビーをさがしはじめたとき、インターホンが鳴った。たくはいびんでーす、と元気な声が聞こえてくる。知香子はあわてて玄関を開け、判子を渡し、荷物を受け取ってドアを閉める。差出人を見て、がっかりする。

宅配便は母親からだった。一ヵ月に一度は必ず送ってくるのだ。中身はいつも代わり映えしない、どこでも買えるようなものばかり。お煎餅やチョコレート、蕎麦や鰹節やお茶っ葉、そして母親が作る何種類もの漬けもの。お菓子なんか近所のコンビニでいくらでも買えるし、漬けものだってスーパーにあるんだから、そんなにちょくちょく送ってこなくていいよ、と知香子は幾度も言ったのだが、「このお煎餅は関東には売っていないはず」「蕎麦はこのメーカーがいちばんおいしい」挙げ句の果てには「漬けものはスーパーよりあたしのほうがずうっとおいしい」と、母は自信たっぷりに言ってのける。

「荷物、どこからー？」知香子のかわりに押入に頭を突っこみ、フリスビーをさがしている晶が訊く。とっさに知香子は段ボール箱を隠そうとした。母親から送られてくる、いかにもださい食料品を見られたくなかった。この一年、週末ごとに晶が泊まっているときに母親の宅配便が届いたことは、運よくなかったのだ。うまく隠せる場所が見つからず、段ボール箱を持ってうろうろしていると、寝室兼リビングから晶がひょいと顔を出した。

「母からよ」しかたなく知香子は言い、六畳ほどの台所兼ダイニングの床に段ボール箱を置いた。

「空けていい？」晶は段ボール箱の前にしゃがみこみ、贈りものをもらった子どものような顔で知香子を見上げる。知香子は力無くうなずき、ガムテープをはがした。

「どこでも買えるんだから、送らなくていいって言ってるのに、やめないの」

晶は中身を取り出しては「えー、すごい、エビマヨ煎餅なんて見たことない」「新潟の蕎麦ってうまいんだよなー」などと、ひとしきり感心している。そうして知香子がいちばん見られたくなかったものが、箱の底から次々と出てくる。ビニールにくるまれたいくつものタッパーウェア。

「あっ、漬けもの！　なんだ、知香ちゃんちにいつもある漬けものって、おかあさんの手作りだったんだ。だからあんなにうまかったんだ。すごいなあ、梅干しにかぶに、人参も茄子もある。漬けもの名鑑みたいだな。今日の夜さ、土鍋でごはん炊いてみようか。うーん、贅沢だなあ」

　漬けものに感激している晶を、知香子はぽかんとした顔で眺める。


　テーブルには、小鉢に盛られたさまざまな漬けものが並んでいる。真ん中には、冬以来しまいっぱなしだった土鍋。土鍋のなかでは、白く艶やかなごはんが湯気を上げている。さっき晶を眺めたように、その光景を知香子はぽかんとして眺める。ださいとばかり思っていた母の漬けものが、そんなふうに並べてみると、なんだか妙にすてきなしろものに見えてくるのだった。

「食べよう、食べよう」ごはんをよそった茶碗を知香子に差しだし、晶はわくわくと言う。待ちきれないように、茄子の漬けものをごはんにのせて頬張り、「うめえー」と天井を向いて叫ぶ。知香子も真似をして、かぶの漬けものをごはんにのせて口に入れる。炊きたてのごはんはほんのりと甘く、漬けものもいつもより上等な味がする、ような気がした。

「梅干し、しょっぺー。このしょっぱさがうれしいねえ。売ってるのって、今みんな甘いからさ」

知香子の頭の片隅に、ふいに光景が浮かぶ。この季節になると、毎年見ていた光景である。黄みがかった梅に塩をまぶす母の手。布地みたいな紫蘇《しそ》と、赤く染まった母のてのひら。縁側にずらりと並んだいくつもの大ざると、ゆっくり乾燥していくころころと丸い梅干し。次々と思い浮かぶその光景の、あまりの美しさに、知香子は啞然とする。目の前で行われているときはなんとも思わなかったおなじみの光景が、今なぜ、こんなにもくっきりと美しく見えるのだろう。

「おれさ、母親が働いてたから料理は自然に覚えて、今でもぜんぜん苦にならないけど、やっぱりどっか、憧れてるところがあるんだ。手作りの漬けものが、こうして毎日並ぶような食卓に」

「私はずっと、自分の家がかっこわるいと思ってた。茶色い煮物と漬けものが何種類も並ぶような食卓が、田舎っぽくて垢抜けない、って」独り言のように知香子は言った。晶は顔を上げ、知香子をまっすぐに見る。

「ねえ、おかあさんに煮物と漬けものを伝授してもらってよ。おれは和食が苦手だから、得意分野をそうやってわりふれば、毎日の食卓がすごい豊かになる」

と、晴天のような笑顔で言った。

「そうだね」知香子はちいさな声で言った。

毎日の食卓が豊かになる。そうだ、この人が私にもたらしたものは劣等感ばかりではないはずだ。私たちの毎日はかっこいいものとかっこわるいものでできあがっている。豊かであるというのは、きっとそういうことなのだ。かっこいいばかりではなく、かっこわるいばかりでもなく。

「豊かになるね」知香子は少し声を大きくして言い、大きくうなずいた。

「やった」晶は笑顔で言うと、数種の漬けものをのせたごはんを、やんちゃ坊主のようにいきおいよくかきこむ。食卓には、小鉢に盛られた幾種類もの自家製漬けものが並び、土鍋からは変わらず湯気が舞い上がっている。

6回目のごはん

食卓旅行　タイ篇

葉山ちかげのこんだて帖

毎月一回、葉山ちかげは海外旅行をする。とはいえ、ちいさな玩具メーカーの経理部にいるちかげに、そうそう休みがとれるはずもなく、経済的余裕があるわけでもない。ちかげの世界旅行は、皿の上に限られている。

先月はロシア旅行だった。まず、ほとんど食同好会のようになっているメンツに、おすすめのレストランを聞いてまわる。インターネットでみずから調べもし、厳選ののち、ちかげはひとりでレストランへと赴く。たいてい平日の夜、会社帰りに。コースではなくアラカルトで幾品か注文し、料理がテーブルに並ぶと、一皿ずつ食べてみる。目を閉じ、こめかみに人指し指をあてて。

わかった、という瞬間がある。その瞬間が訪れると、ちかげは安心して料理を食べはじめる。

帰ってきて、メモを取る。食材、調味料、レシピ。どうしてもわからないものは、明くる日の昼休み、書店の料理本コーナーで立ち読みをする。そうしてその日の夜、せっせと招待状を書く。

「ロシア料理のゆうべにどうぞご参加ください。参加費として、好きなお酒を持参のこと」

社員から受け取った領収書の束をコンピュータに打ちこみながら、今月は何にしようか、ちかげは熱心に考える。ロシアの前はギリシャ、その前はメキシコだった。そろそろアジアに戻ってこようか。アジアなら、まずタイじゃない？　真夏に汗をだらだら流して激辛タイ料理を食べる。けっこういいかも。

二日後の夜、ちかげは新大久保駅に降り立った。食同好会のメンツがこぞってすすめるタイ料理店が、新大久保駅の裏手にあるのだった。

ちいさな店は客で混んでいたが、ひとりぶんのテーブルが運よく空いていた。そこに通されたちかげは、シンハービールと牛肉のサラダ、タイ風オムレツ、タイ風さつまあげ、トムヤムクンにタイ風焼きそばのパッタイを注文した。注文の品がくるまでのあいだ、ぐるりと店内を見渡す。レジの上には国王の色あせた写真、窓際には象や仏像の置物。店内は、カップルとグループ連れで混んでいる。みんな酔いと唐辛子で赤い顔をして、汗を拭き拭き夢中で話しこんでいる。

ひとりで食事をしにいくの？　と、たいていの人が驚いてちかげに訊く。よく平気ねえ、と感心する女の子もいるし、さみしいなあ、早くだれか見つけろよ、と励ます男性もいる。女がひとりで食事をする、イコール、恋人のいないさみしい女、という図式が自然に成り立ってしまうことを、ちかげはよく知っている。反論するつもりもない。何を言われても、えへへ、と笑うだけである。けれど心のなかでは、へんなの、といつも思っている。

ひとりでスプーンも握れない赤ちゃんじゃあるまいし、どうしてだれかと食事をしなきゃなんないのかしら。大人になったいちばんの喜びって、好きなときに好きなものを好きなように飲み食いできることなのに。大勢もひとりも、自分で選べるってことなのに。

もちろんちかげは思うだけで、そんなことは言わない。強がっていると言われるのが関の山だからだ。楽しみは、人にわかってもらうものではなくて、自分がひとりで味わうべきもの。

料理が運ばれてくる。狭い店の客たちが、一瞬ちかげをちらりと見る。あの人、ひとりであんなに食べる気だろうか、という視線。ちかげはもう慣れっこだ。牛肉のサラダを口に入れ、あとからくる辛さに思わず目をつぶり、その刺激を存分に味わう。さつまあげも、そのまま齧るとぴりりと辛い。それを甘めのソースにつけて食べる。うん、いける。オムレツはやさしい味だった。卵のなかに、野菜とひき肉のみじん切りがつまっている。これならかんたんに作れそう。でも、さつまあげに挑戦したいな。ちかげはいつものごとく、目を閉じ、人差し指をこめかみにあてる。

この仕草は受け売りだ。ちかげの敬愛する向田邦子が、エッセイで書いていたのだ。レストランでおいしいものを食べたとき、そうして味を覚え、自宅に帰って再現するのだと。

周囲の心配そうな視線をよそに、ちかげはすべての料理を平らげる。満足な顔で立ち上がり、タイ人の青年にお勘定を払い、「コープクンカー」と聞きかじったタイ語で言って笑顔を交わし、外に出る。ねっとりと暑い空気がまとわりつく。思い出したように汗がしたたり落ちる。招待状の文面を考えながら、軽い足取りでちかげは駅へと向かう。

食同好会、というのは、学生時代の友人や、友人の友人で結成された幾人かのことで、少し前まで男性会員もいたのだが、なぜか今や、独身の女ばかりである。結婚すると、まるで脱会したようにぱたりと会にこなくなるのだ。下は二十五歳、上は四十歳。三十二歳のちかげは、ほぼ平均ということになる。みんな食べることが好きで、酒に強く、ひとりでなんのためらいもなく食事にいける女たちである。

「私たちが独り身なのは、つまるところ、ひとりで食事にいけてしまう、というせいじゃないかしら」と、四十歳の女性が発言し、議論に発展したこともあったが、結論としては「致し方ない」で収束した。だって、ひとりでもレストランにいける、そのために大人になったんじゃないの。みんな、ちかげと寸分違わぬことを言う。

ひとりで食事にいけてしまうからじゃない、私たちが独り身なのは、さみしい、ということを知らないからよ。ちかげはそう思ったが、それも口には出さなかった。口に出したところで、さみしさというものがどんなものか、わかりようもないのだから。

鰆《さわら》と海老とイカをフードプロセッサーですり身にし、小口切りにしたいんげんとニラ、チリパウダー、ナンプラー、少々の砂糖とベーキングパウダーをくわえ、空気を抜くようにして練り上げる。甘酸っぱいたれは、水に唐辛子、砂糖と酢とナンプラーを入れ煮詰めておいた。茹でて戻した春雨に、茹でた豚肉と海老、それに紫玉葱、揚げた干しエビ、にんにく、唐辛子を豪快に混ぜる。ナンプラーとレモン汁に砂糖少々でたれをつくって、さらに混ぜ合わせると、かんたんなわりにびっくりするほどおいしい春雨サラダができあがる。

オムレツのための野菜をみじん切りにしていたときに、最初の客が到着する。ドアを開けると、かぼちゃで婚約にこぎつけた円山知香子とそのお相手である。手伝いましょうか、と知香子は言うが、知香子が豚バラと豚ロースの区別もつかない人だと知っているちかげは、笑顔で断り、リビングのソファに彼らを案内し、シンハービールを手渡しておいた。台所に戻るやいなや、数人がやってきた。同好会のメンバーに、学生時代の友人夫婦、（たぶん彼らがちかげに紹介するのだろう）見知らぬ男性。にわかににぎやかになって、ちかげがせわしなく動きまわっていると、知香子の婚約者——たしか晶という名前——が立ち上がり、ちかげのかわりに野菜のみじん切りを続行している。ずいぶんと手つきがいいので、「それ終わったら、かんたんに炒めてくれる？　それからそこに出てるゴイティオ・センヤイ、太麺を茹でてほしいの」ちかげもつい頼み事をし、ビールを出したり、海老と卵を入れて細く揚げた春巻きスティックをつまみ用に出したりと、せわしなく動いた。

午後六時。すべてのメンバーが到着し、リビングの好きな場所に腰かけて、「かんぱーい」とグラスを高く掲げる。ソファテーブルとダイニングテーブルには、いかにも辛そうなタイ料理がずらりと並ぶ。乾杯ののち、それぞれ自分の皿に好きなものを取り分けて、食べはじめる。おいしーい、からーい、という声があちこちからあがる。ちかげは一気に満たされた気分になる。

「ちかげ、彼、山田尚哉くん。来月三十歳になるんだって。旅行代理店に勤めてるの」

学生時代の友人が、早速連れてきた男性を紹介するためにちかげの元にやってくる。

「あの、全部おひとりで作られたんですか」紹介された男性が訊く。

「お口に合うといいですけど。楽しんでいってね」ちかげは素っ気なく言って、さっとその場を離れ、「ねえねえ、彼、器用ねえ」知香子の元にいき、婚約者をほめたたえた。

恋人がいないから不幸なんて、それこそ不幸な考え方だわ。胸の内でちかげはこっそり思う。高級ホテルもすばらしいけど、貧乏旅行でも豊かな体験ができる。こうして食卓でできる旅だってある。幸せや満足のかたちは人によって違うんだもの。

それもまた、ちかげはわざわざ言葉にはしない。人は幸福であるとき、わざわざ幸福だと宣言したりはしないものである。

乾杯から三十分もたつと、集まったみんなの顔は、汗でてかてかしてくる。ばっちり化粧をしてきた女友達も、洒落たシャツを羽織ってきた男友達も、流れる汗で子どものような無邪気な顔で、ちかげの作った料理を頬張っている。

さて、来月はどこを旅しようかと、みんなを満足げにながめまわしてちかげは考える。

7回目のごはん

ピザという特効薬

山田尚哉のこんだて帖

山田尚哉は、目の前の女性が、あまりにもおいしそうに、しかも休むことなく次々と料理を平らげていくのを、感動して眺めている。相談したいことがあって、ほとんど初対面の女性、葉山ちかげに思いきって連絡をとったのは、先週のことだった。

「ねえ、さっさと食べないと焦げちゃうよ。焦げたら味がマイナス2だよ」

ちかげに言われ、尚哉はあわてて箸を手にとり、網の上のカルビを自分の皿に移す。

「すみませーん、あとミノとレバーと、もう一皿ハラミ、それからチヂミとチャプチェください」

タンとロースとハラミ、豆腐チゲをほとんどひとりで腹におさめたはずのちかげは、威勢よく追加注文している。ますます尚哉は感動する。やっぱり相談相手はこの人で正解だった、深くうなずき、肝心の相談をまだしていないことを思い出した。

「あのですね、相談というのは」

「そうよ、相談よ。なんなの？　いったい」運ばれてきた肉を、ちかげは網いっぱいに並べていく。

「妹のことなんです」

「妹お？」

「食べないんです」

「は？」

「食べないんです、ぜんぜん」

尚哉は、数ヵ月前から母親に電話で聞かされている妹の状態について、説明しはじめる。

年の離れた尚哉の妹は、現在高校二年生である。夏から急にダイエットをはじめたらしく、まったくといっていいほど食事をとらない。豚カツも鯵フライも残し、つけあわせのキャベツだけ食べる。弁当はそっくりそのまま持って帰る。盆に帰省したとき、尚哉も見た。妹の菜摘は確かに、生野菜かりんごしか口にしなかった。そんな状態が、母親によればもう三ヵ月も続いているらしい。

「それで、こないだのホームパーティに呼んでもらったとき、葉山さんの料理があまりにもおいしかったんで、この人なら、何か、ダイエットに有効で、かつおいしい料理を知っているんじゃないかと思いまして」尚哉は思いきって言った。

ちかげはちらりと尚哉を見、運ばれてきたチヂミを頬張り、「おいひーい」と顔をゆるめ、しかしすぐに厳しい顔つきで尚哉を見、「だめ、そんなの」と言った。「だめだ、そんな姑息な技。あのね、食べものってのはね、おいしーい、って思って食べなきゃいけないの。痩せようと思って食べるとか、まずいと思いながら食べるとか、健康にいいって理由だけで食べるとか、そんなのだめだめ。食べものの神さまが怒って、絶対に仕返ししてくんの。病気でもないのに高校生がダイエット食なんか食べてたら、貧相な顔になるよ、惨めよ、大人になって欠食児童みたいな顔してんのは」

「じゃああの、どうすれば」

「その子の好物って何？」ちかげは、焼けた肉を尚哉の皿にも入れる。

「ぼくが覚えているのは、ピザとかドリアとか」

「ピザ！　それ、いい、いい。あのね、ピザをその子に作らせなさい。もしくはあなたが一緒に作りなさい。かんたんな作り方を教えるから。料理してるとおなかも減る。自分で作ればその料理が魔法みたいにぽんと出てくるものじゃないってわかる。自分で作ればなんだっていいとしいし、おいしい。ダイエット食なんて姑息なものより、自分で作った好物のほうが絶対に効力あるよ。ねえ、食べないの？　こーんなにおいしいのに。全部食べちゃうよ？」

いらいらと言うちかげを、尚哉はもはや崇拝の視線で眺めている。

十四歳年下の菜摘は、尚哉にとって、妹というより子どもに近かった。喧嘩をしたこともない菜摘を、尚哉は未だに赤ん坊のように思っている。おにいちゃん、おにいちゃんと、ぴったりあとをついてくるちいさな妹。頬のふっくらしていた彼女が、げっそりとこけ、乾燥した湯葉みたいな肌をしているのは、尚哉には耐え難くつらいことだった。しかも、つけあわせの野菜だけもそもそ食べている菜摘は、尚哉から見ても、何か凄絶なほどさもしく見えた。不思議なことに、食べないという行為は、本来隠しておくべき欲望が、剝き出しになっているような印象を与えた。

盆暮れでもないのに突然（スーパーの袋を両手に提げて）帰省した兄を、家族はびっくりして迎えた。菜摘、今からピザ作るぞ。命令口調で言うと、菜摘はぽかんとした顔のまま、それでもおとなしく兄について台所に入ってきた。

葉山ちかげにもらったメモを冷蔵庫にはりつけて、手順通り、強力粉と薄力粉、ドライイースト、砂糖と塩をまぜていく。物珍しげに眺めている菜摘に、「おまえ、やってみろ」尚哉はボウルを渡した。「えー、やだよ、手が汚れる」菜摘は唇を尖らせる。

「じゃ、トマトソース作れ。まずオリーブオイルでにんにくを炒めて……」尚哉が説明をはじめると、「じゃ、こねるほうがいい」菜摘はしぶしぶ言い、手を洗った。

父と母は、邪魔しないほうがいいと察したのか、台所には入ってこなかった。家のなかはしんとしている。菜摘が力を入れるたび、ボウルがかたかた鳴る音だけが響いた。尚哉は鍋を熱し、オリーブオイルでにんにくを炒め、トマト缶を開ける。煮詰めればトマトソースができあがる。鍋のなかのホールトマトを潰しながら、尚哉はちらちらと妹を見る。ちいさな手で、懸命に生地を練っている。

「これ、本当にピザになるのかなあ」ぽつりとつぶやく。

「ビーフシチュウにはなんないだろうなあ」尚哉が言うと、菜摘は笑った。ずいぶんひさしぶりに見る妹の笑顔だった。

「耳たぶのかたさになったら、少しねかすぞ」それを聞くと、菜摘に片手を洗い、真顔で自分の耳たぶを触っている。尚哉はなんだか泣きたくなった。おにいちゃん、ママにピザパンもらったからわけっこしよう。そう言って尚哉の部屋のドアから顔をのぞかせたちいさな妹。いいよ、おまえピザのパン好きだろ、ひとりで食べろよ。えー、いいの？　じゃあ食べるところ見せてあげる。わざとらしく目の前に顔を突き出して、大きな口を開け、パンに食らいついていた菜摘。

ダイニングテーブルに新聞紙、その上にオーブンシートを広げ、小麦粉をぱらぱらとまく。練った生地を二等分して、ひとつずつ、のばしていく。菜摘は真剣な顔で、めん棒を使う兄を見ている。きれいな円にはならず、どうやっても四角くなってしまう。

「私なら、うまくできるかも」菜摘は立ち上がってめん棒を手にする。「けっこう力がいるね」今度は尚哉が菜摘の手元を眺めた。

「好きな人いたんだ」ふいに菜摘が言った。消え入るようなちいさな声で。

「一学年上の、増淵くんって人。内緒だよ。おにいちゃんだけに言うんだから。

その人、でも、彼女がいてさ。その彼女ってのが、すんげーきれいなの。モデルみたい。すらっと脚長くて、おなかなんかぺたんこ」

たしかに菜摘のピザはきちんと丸くなる。やっぱり好物はうまく作れるのだろうかと尚哉は思う。

「告《こく》るとかつきあうとかあり得ないけど、なんか、その彼女さん見てたら、超自己嫌悪。私もきれいになれれば、話くらいしてもらえるかなって考えてたら、ごはんの味、しなくなった」

オーブンの電子音が鳴り、予熱が完了したことを知らせる。

「よし、菜摘、その丸いほう先に焼こう。急げ」尚哉はピザ台を鉄板にのせ、トマトソースを塗り、菜摘とともに、モッツァレラ、ゴーダ、ゴルゴンゾーラとチーズを大量にばらまいていく。具をのせようとすると、チーズだけでいいと菜摘が言うので、そのままオーブンに入れた。七分にタイマーをセットする。菜摘は子どものころのように、オーブンのなかをのぞきこんでいる。

できたて、あつあつのピザをピザカッターで切り、菜摘と二人、ダイニングテーブルに着く。菜摘はピザをじっと見おろしている。ごくんと唾を飲みこむ音が、尚哉にも聞こえた。いただきます。ちいさくつぶやくと、菜摘はピザを手に取った。

「あち、あち、あち」口の端にトマトソースをつけて菜摘が言う。尚哉も手を伸ばした。あつあつのそれを口に入れると、さくっとした生地と、トマトソースの適度な酸っぱさ、三種のチーズの濃厚な味が、口いっぱいに広がった。

「うんめー」思わず言った。

「ピザって作れるんだね、しかもかんたんに。びっくりしたね」菜摘は言う。が、尚哉は思う。まだ肝心な言葉を聞いていない。

「味、思い出したか」尚哉は訊いた。

菜摘はひとつちいさくうなずくと、「おいしい」と言い、照れくさそうに笑った。よっしゃ。尚哉は心の内でガッツポーズを作る。そして口には出さず、ちいさな妹に話しかける。

菜摘。その彼女ってのがどんなか知らないけど、おまえだって、すんげーきれいだよ。モデルとは言わないまでも、おいしいと笑う菜摘は、だれが見ても魅力的だと思うよ。

8回目のごはん

どんとこいうどん

増淵正宗のこんだて帖

このところ最悪な日が続いていた。増淵正宗は、学校帰りに遠まわりして、近所の神社にいったほどだ。神社には、厄年が一覧表のようにはりだされている。おかしいな、女の厄年は十九だけれど、おれはまだ厄年じゃない。ついでのように、お賽銭箱に奮発して百円を入れ、盛大に鈴を鳴らして平穏無事を祈った。

最悪の手はじめは、姉、依子の家出である。家出なのか失踪なのか駆け落ちなのか、よくわからない。とにかく、いなくなった。男を追っかけて、東京にいったらしい。携帯電話はつながらず、どこにいるのか今もってわからない。

それは別にいいんじゃないかと正宗は考えている。だって依子は、もう二十二歳、立派な成人なのだ。なのに、父と母は、依子の家出についてなぜか連日バトルをくりひろげた。おまえがしっかりしていないからと父が母をなじり、あなたがあの子の交際を無闇に反対するからと母が父をなじり、いつのまにか、おまえは昔っから非を認めない、あなたは会ったときから人の話を聞かないと、依子問題を超えて、バトルは積年の恨み問題に発展し、正宗は階下から聞こえるそれを黙って聞いていたのだが、バトル連続七日目の朝、なんと母親までが家出をした。

母親の行き先なんか、たかがしれている。電車で一時間の実家か、バスで十五分の村田さん（幼なじみ）の家に違いない。なのに父は意固地になって迎えにいかないばかりか、さがす様子もない。

母親がいないから、食事はやむなく店屋物かコンビニの弁当になる。正宗は、この一週間、昼飯にペヤングソース焼きそばを食べ続けている。

それだけだったらまだましだ。母が出ていくのと前後して、なんと、すず子が別れたいと言いだした。つきあって、まだ半年だというのに！　なんでも、クラブでナンパされた男に恋をしてしまったらしい。受験が終わるまでは、あんまり会えなくてもしかたないね、とすず子が言ったから、デートの時間を削って受験勉強していたというのに。同じ大学にいく約束をしていたすず子は、受験するのをやめたらしい。テキトーに地元の専門にいって、ナンパしてきた彼氏と結婚するって言ってると、クラスメイトの坂本ミチカがわざわざ教えてくれた。

しかもこれだけ勉強しているのに、いっこうに合格圏内に入らない。

正宗は、中学のときから使っている学習机に、今日返された模試結果を広げ、ため息をつく。「判定D　志望校変更が望ましい」という文字を、恨めしげに眺める。

家のなかは気味が悪いほど静かだ。まるで家ではないみたいだ。家族全員揃っているときは、昼間の保育園みたいににぎやかだった。姉と母は馬鹿笑いをし、父のおならに姉が悲鳴を上げ、母と父はチャンネル権を巡って幼稚な言い合いをした。正宗はしょっちゅう、廊下から階下に向けて怒鳴らなければならなかった。わかってんの？　おれ、受験生なのっ！　集中できねーよ、うるせーんだよっ！

今は、家じゃないみたいな静けさが集中の邪魔をする。

厄年でもないとすれば、なんか、呪われてるのかもな。正宗は思う。ぎゅるるるる、と腹が悲壮な音で鳴る。少し前だったら、母か依子が、夜食を持ってきてくれた。天ぷらうどん（夕食が天ぷらだった）とか、梅と鮭のおにぎり（ごはんが大量に余った）とか、カレードリア（夕食がカレーだった）とか、なんにも思わず、正宗はただ食べていた。夕食の残飯整理をしやがって、とすら思っていた。

階下に下りていって冷蔵庫を開けるが、そのまま食べられそうなものはなんにもない。父親は、店屋物の夕食を食べたあと、近所に飲みに出かけて、台所も居間も静まり返っている。ったくよう。正宗は舌打ちをし、ミネラルウォーターをラッパ飲みする。


通学路を走るバスのなかで、いちばん後ろの席に座って窓の外を見ていると、前に座った女子二人の会話が聞こえてきた。見慣れない顔だから、二年か一年だろうと正宗は考える。片方の女が、ピザを作ったのだと話している。それがね、すごーくおいしいの。小麦粉って偉大よねえ。ピザ生地にもパンにもおうどんにもなるわけだし……。

「うどんって小麦粉でできてんの？」のんきな会話だと聞き流していた正宗は、気がついたら身を乗り出して訊いていた。ふりむいた二人のうちひとりが、ぎょっとするほど顔を赤くしている。

「はい、そうです」日本語の教科書みたいに律儀に答える。

「小麦粉練ればうどんになるんだ？」

「そうです。あの……塩水と」顔を赤くした女子は、なぜだか泣きそうな顔になる。

「ふーん」もっと訊きたかったが、これ以上質問したら彼女を泣かせる気がして、正宗はまた窓の外に顔を向けた。

降りる停車駅が近づき、正宗は立ち上がる。「サンキュ」さっきの女の子に一声かけると、彼女はぱっと、晴れ間が広がるような笑顔を見せた。

バスを降り、正宗は家へと急ぐ。あいかわらずしんとした台所に一目散に向かい、母親が料理雑誌をためている棚を開ける。ひっかきまわすように雑誌を取りだし、乱暴にページをめくる。

あった。かんたんうどんの作り方。

制服姿のまま、正宗は本の通りに小麦粉を計り、食塩水を作る。温度がどうのと細かく書いてあるが、面倒なのでそれは無視する。こねてこねて、こねる。なんだか集中する。このあいだの模試の、英文問題で何がまちがったのか、ぼんやりわかってくる。七面倒な現在完了、過去完了のポイントをつかんだような気持ちになる。

生地をねかすあいだ、正宗は自分の部屋に駆けこみ、英語の参考書を広げてみる。

うんうん、「もしニューヨークで働いていなかったら、私は彼に会っていなかった」。

わかるわかる、ひとつずつ時制がずれるってことだよな。「もし私が億万長者になったら、まず別荘を買う」の場合は、まだなっていないわけだから……。参考書の問題が、昨日よりも素早く解ける。

時計を見ると、もう一時間がたっている。正宗は部屋を飛びだし、階段を駆け下り、丸めた生地をビニール袋にくるみ、足で踏んでいく。「もし母と姉が家を出なければ」正宗はそれを苦労して英語になおす。「おれはうどんを作っていなかった」つぶやくと、笑えてきた。

足で踏むのはかんたんに思えたが、五分もやっていると額から汗が流れた。「つーか、おれ、なんでうどん作ってんだ?」ひとりごとを言って、また笑った。踏んだ生地を三つ折りにしてまとめ、少しねかせてまた踏みなおす。小麦粉って偉大よね。バスの女の子の言葉がふいに耳によみがえる。ピザ生地にもパンにもおうどんにもなるわけだし……。

均等に生地を踏んでいるうち、正宗は、なんにでもなれるような気がしてきた。すず子にはふられたし、志望校はいつまでたってもD判定だけれど、なりたいものになるのは、そんなに難しくないんじゃないかと思えた。踏みゃいいんだ。こねりゃいいんだ。呪われているような気がするときは、じっとねかせておきゃいいんだ。自分自身を。最悪なんか、どんとこいだ。

「あらー、あちこち粉だらけじゃないの！」いきなり声をかけられ、驚いてふりむくと母親が立っていた。「いったい何をやってるのよ？　やーだ、あんたも粉だらけ」正宗を見た母は、天井を仰いで笑い出す。母は片手にボストンバッグ、片手に土産物が詰まっているらしい紙袋を持っている。

「どこいってたんだよ、受験生置いてさあ。おやじなんか、酒浸りだぞ」足踏みしながら、正宗は母をにらんだ。

「依ちゃんの彼氏が連絡くれたから会ってきた。おとうさんは、大学いかせたのにすぐ嫁にいくとは何ごとだ、って言うけど、でも、しょうがないよね。人は、好きなようにしかできないもんね。ついでに東京見物もしてきた。キティちゃんの人形焼き、買ってきたわよ」

母は荷物を提げて突っ立ったまま、言った。その母が、見たこともないくらいさみしそうだったので、正宗はつい、言いそうになる。なんになったたって、どこにいったたって、依子は依子じゃん。恥ずかしいから、口には出さなかった。

「今日の夕飯、おれの特製うどん」かわりに正宗はそう言った。

「やあねえ、もう、受験生が何をやってるんだか」呆れた顔のわりには、やけに華やいだ声で母は言った。

9回目のごはん

なけなしの松茸ごはん

増淵依子のこんだて帖

新居は、木造アパートの一階の角、間取りは1DKで、家賃は管理費込みで八万七千円である。東京は家賃が高いと聞いていたけれど、これほどまでとは思わなかった。八万いくらも払うのに、出窓もクローゼットもないばかりか、すり切れた畳、祖母の家みたいな砂壁、風呂とトイレは狭い一部屋に押しこめられていて、ダイニング兼台所には、湯沸かし器がはりでている。そりゃ、ホシやんと暮らせるなら地の果てだっていいと思ったしそう言ったし、愛があればほかになんにもいらないと日記に書いたしそれも言ったが、「地の果て」「何もいらない」をこうして具体化して見せられると、激しく気持ちが下降する。もちろんここは、地の果てでもなく、何もないわけじゃないけどさ……と、増淵依子は唇を尖らせて思う。

先月、二十二歳の依子と二十三歳の恋人、星野修平は、駆け落ち同然にそれぞれ家を出た。二人の貯金を合わせて、都内にアパートを借りたのだが、そのあまりのぼろさ、あまりの古さ、あまりの狭さ、あまりの不便さ、あまりのださささに、依子はひっそりと失望していた。しかも、住所は都内なのに、駅から徒歩十七分のアパートの周辺には、都民農園だかなんだか知らないが、広々と畑が広がっている。これじゃ、自宅の部屋から見えた景色と、なんにも変わらない。すり切れた畳にうつぶせになって、依子は求人誌をめくる。必要なものはたくさんある。テレビにＤＶＤ、電子レンジに、自転車もほしい。これからどんどん寒くなるのだから、ストーブも必要だ。貯金は、敷金礼金でほとんど底をついた。その上、都内に住む叔父さんに紹介された仕事を、修平は二週間でやめてしまった。仕事仲間と喧嘩になったらしい。ハローワークにいくと言って毎日出かけていくが、修平がどのくらい本気で仕事をさがしているか、依子には疑問である。だから、一刻も早く、自分もアルバイトを見つけなければならない。

こんなはずじゃなかった、と、スーパーのレジ係募集や、テレホンアポインター募集や、セールスレディ募集の欄を眺めながら依子は思う。今日まで、極力、思わないようにしていた言葉。こんなはずじゃなかった。しかしいっぺんそう口にしてみると、本当に、こんなはずじゃなかった事態になっていると実感させられた。

結婚したいと言ったら反対された。せっかく大学出したのに、と父は妙なことを言った。あと五年待ちなさい、と母は言った。五年たったらホシやんは私のことを好きではないかもしれないのに。修平の家でももちろん反対された。何しろ修平は、定職を持っていなかったから。それで二人で東京にきた。叔父さんがいるから、仕事のあてはあるんだと修平は言った。依子は自由が丘のカフェ（雑誌で見たのだ）でアルバイトしながら、洋菓子の勉強でもして、いつか自分のお店を持とうと思っていた。ところがどっこい、修平は二週間で無職だし、自由が丘のカフェでは、スタッフ募集はしていないと無下に断られた。代官山や表参道の、似たようなカフェにいってはみたが、ことごとく募集はされていないのだった。

先月、母親が連絡してきた。修平が、心配させまいと電話をかけたらしい。よけいなこと、と依子は修平を怒ったが、母が上京してくるのはうれしかった。不安だったからだ。

しかし上京してきた母親を、依子はこのアパートではなく原宿のカフェに案内し、「うまくいってるから安心して」なんて嘘をついてしまった。自分がそんな見栄っ張りだとは知らなかった。

依子は求人誌を閉じて起きあがり、鞄から化粧ポーチを取り出して開く。そこには、母親が帰りがけにくれた三万円が入っている。依子に折り畳んだ三万円を広げ、またていねいに畳んで、それをポーチの奥に押しこむ。

依子は化粧ポーチだけを手に、畑の真ん中に続く一本道を猛然と歩く。空は気持ちのいい秋晴れだ。都民農園を耕している女性たちが、陽気な声で話している。あったまきた。ほんとにあったまきた。胸の内でつぶやいたつもりが、声に出していたのか、畑の数人が手を止めて依子を見る。無視してずんずん歩く。

修平は、ハローワークなんか、いっていなかったのだ。高校時代の後輩が通う大学に遊びにいったり、誘われて競馬にいったり、していたらしいのだ。修平は、依子ほど生活にたいして覚悟が決まっていないらしく、「なんとかなるよ」とくりかえす。なんともならないじゃん！　と依子が声をはりあげてようやく今日は、大学生に紹介してもらったらしいチラシ配りのバイトにいった。バイトじゃだめだと依子は思ったが、一日遊んでいられるよりはいい。

スーパーまで徒歩二十五分。衣替えはとうに終わったのに、勢いよく歩きすぎて、着いたときには汗をかいていた。依子はわき目もふらず野菜のコーナーに向かう。目に力をこめて松茸をさがす。松茸コーナーは、そのほかの野菜とはべつの場所にあった。秋らしい飾りの施された特別コーナーだ。千円、二千円、三千八百円、五千円、目を皿のようにして依子は値段を見る。松茸のかたちも見ないしにおいもかがない、見るのは値段だけ。そして、依子は手を伸ばす。

白木の箱に入っている立派な松茸は、二万九千八百円だった。いちばん高いのを買ってやる、と意気込んでいたものの、そんなに高い食材を手にしたことのない依子は、どきどきした。手が震えた。ごくりと唾を飲み、大きく深呼吸すると、売場のなかでいちばん高いそれを大事に抱え、依子はレジを目指す。

松茸ごはんの作り方は、携帯電話で母親に訊いた。母親はのんきに「松茸ごはんなんて、豪勢ねえ」と笑っていた。「ホシやん、がんばってくれてるから」なんて答えてしまう自分の見栄を、依子は恥ずかしいと思った。それを信じたのか否かはわからないが、母はていねいにレシピを教えてくれた。

といだお米にだし汁、塩、お酒に薄口醤油。昆布も鰹節も醤油も料理酒も、原宿で会った翌々日に母親から送られてきた。精一杯の見栄を張ったつもりだけれど、自分たちの窮状はばれていたのかもしれないと依子はうっすら思う。

三本あった松茸で、炊き込みごはんと、吸い物と、焼き物を作ろうと思ったのだが、ちまちました松茸ごはんなんか作ってもしょうがない気がして、松茸は全部刻んでお米の上にのせてしまう。だから、今日の夕飯は松茸ごはんだけ。やがて、この家にある数少ない家電、炊飯ジャーから、香ばしく誇り高い松茸のかおりが漂いはじめ、1DKの狭い部屋を満たす。

帰ってきた修平は、くんくんと鼻を鳴らし、「まったけだ」とうれしそうに言った。テーブル代わりにしている段ボール箱に、松茸ごはんを山盛りに盛ったお茶碗を二つ並べる。

「すげえ、豪勢だなあ。いっただっきまーす」

夕飯が一品でも、修平は文句も言わず、松茸ごはんを掻き込みはじめる。依子はごはんに手をつけず、真剣な顔で、正面から修平を見る。

「ホシやん、うちにあった最後のお金で、この松茸を買いました」

重々しい依子の告白に、修平は驚いて顔を上げる。

「だから、もううちにはお金はありません。正確に言えば、数千円と松茸のお釣りの二百円。来月の家賃が払えなかったら、私たち、すごすごと田舎に帰りましょう。たぶん一生食べられないこの松茸を最後の思い出にして、それで、別々の道を歩きましょう」

「えっ」口の端にごはん粒をつけた修平は、目玉を丸くする。「えっ、それ、冗談だろ、だって」

「冗談じゃないの。私は、ホシやんとの最後の晩餐のつもりで、全財産で松茸を買いました」

依子は言って、箸を手にし、松茸ごはんを一口食べた。強いながら品のあるにおいが、口から鼻に抜ける。母の言うとおり、薄味にして正解だ。こんなおいしい松茸ごはん、食べたことないと依子は思った。これから一生食べられなくたっていいや、とも思った。

修平は何も言わず、黙々とごはんを食べ、おかわりをして、また黙々と食べ続ける。依子も黙って箸を動かした。テレビのない部屋は静かだ。少し開けたガラス戸から、ルールルーと、虫の鳴く音が聞こえてくる。実家でも聞こえた虫の音。家からうんと離れたところにいることを、忘れてしまいそうだ。

「ごめん。あの、ちゃんとする」二杯目のごはんを食べ終えると、修平がまじめな声を出した。「叔父さんに詫び入れて、も一回、あの働けないか、頼んでみる」うなるように修平は言う。

「私も、カフェじゃないバイトをさがす」依子もちいさな声で言った。母のお金を全部使って、追いつめたかったのは修平ではなく自分だったのだと依子は気づく。

「だから、最後なんて言わないで、来年また、松茸ごはん食おうぜ」修平は照れくさそうに言い、「あんまり高いのは、無理かもだけど」ちいさくつけ足した。

10回目のごはん

恋するスノーパフ

山根麻衣のこんだて帖

この人こそ運命の人だ、と、スターマートに新しく雇われた青年、星野修平を見て山根麻衣は胸をふるわせた。スターマートは酒類を中心に、食材や菓子を格安で提供する量販店で、麻衣はそこで週三日、五時から十時までアルバイトをしている。麻衣の家から自転車で十分ほどのスターマートは、その昔、星野酒店という古くてちいさな店だった。スターマートと名前を変え、酒のほかに輸入物の菓子やチーズを扱うようになったのは、麻衣が中学生のころだった。ビールも洋酒も、ほかよりダントツに安いので、麻衣の家でもよく利用している。去年、アルバイトの貼り紙を見つけて、自宅に近いからという理由だけで麻衣は応募し、大学の帰りに働きはじめてもう半年になる。

友人たちはもっと実入りがいいか、華やかなアルバイトをしている。家庭教師や、コンパニオンや、最近ではメイドカフェで働く友人もいる。自宅近所の酒屋なんて地味なアルバイトをしているのは自分だけだと、働きはじめてから気づいた麻衣が、そろそろバイトをやめようかと思っていた矢先だった。

運命の男があらわれてしまったのである。髪を金に染め、首まわりののびきったトレーナー姿の修平は、何をするにもかったるそうだったが、その動作のすべてが、麻衣にはかっこよく見えた。アルバイトから帰る途中、麻衣にいちばん仲のいいクラスメイトの緒方羊子に「ついに運命の男あらわる」とメールを打った。「いったいあんたの運命は何コあるのさ」という返事は無視した。麻衣が運命の男に出会うのは、五歳のときからこの十五年、十七回目だったのだが、もちろん麻衣は以前の結実しなかった十六回など、とうに忘れている。

運命の男に、どのようにして自分たちの運命を知らせるべきか、麻衣が悩んでいるあいだに、しかし彼は職場から姿を消した。アルバイト仲間の噂では、「配達のとき、どっちの荷物が重いとか軽いとかで、ゴンゾーととっくみあいの喧嘩になって、やめてしまった」と聞いた。ゴンゾーというのはやっぱりアルバイトの大学生で、無口でもっさりしていて、目つきのやたら悪い男である。

麻衣はゴンゾーを恨んだ。バイト時間がいっしょになると、彼をじっとにらみつけた。運命の男を追い出した疫病神め。いくらにらみつけても、ゴンゾーは動じるどころか気づく気配もないので、毒入りクッキーを焼いたろうか、とまで麻衣は思いつめた。

しかし、麻衣が毒入りクッキーを焼くより先に、なんと星野修平が戻ってきた。更衣室でエプロンを身につけていた麻衣は、通路で修平と店長が話す会話を耳にした。心を入れ替えてがんばります、と修平は言っていた。兄貴が心配していたから電話くらいしろよ、と店長は言っていた。なるほど、店長のおにいさんが修平のおとうさんってわけだ、と麻衣は即座に理解した。ってことは、店長は私の未来の親戚になるわけね、と納得した。アルバイトがんばらなくちゃ。と麻衣も心を入れ替えた。

大学が休みに入り、麻衣は週三回のアルバイトを週五回にしたいと申し出た。近づいたクリスマスシーズンはかきいれどきでもあるから、麻衣の申し出はすぐに受理された。

戻ってきた運命の男は、クリスマスまであと三週間もあるというのに、サンタクロースの格好をさせられ、店先で試飲用のワインを配っている。レジに立つ麻衣は、サンタ姿の修平をちらちらと見ては、どのように運命の男に近づくか、あれこれと作戦を練るのだった。

とはいえ、麻衣の作戦は五歳のときからひとつしかない。

アルバイトが休みの日曜日、麻衣は朝から買いものにいき、買ってきたものすべてを台所に並べ、さっそく料理をはじめる。くるみをあらく刻んで、やわらかくなったバターを泡だて器で混ぜ合わせる。粉糖を入れ、空気を含ませるようにかき混ぜる。

「お、クッキー作るなら余分に焼いてくれ」起きてきた父が、台所をのぞいて言う。

「麻衣ちゃんのはおいしいからね」ダイニングテーブルで新聞を広げていた母が言う。

母は台所に入ってきて、麻衣の邪魔にならないようにコーヒーをいれ、父に渡している。父はソファに座ってテレビをつける。父と母が目配せをしていることに麻衣は気づかず、バニラオイルをくわえ、ふるいにかけた小麦粉を混ぜ、ゴムべらで混ぜ合わせる。

運命の男があらわれるたび、麻衣はクッキーを焼く。五歳のときですら、ちいさな手でけんめいに生地をこねた。麻衣のクッキーはほとんどプロの域である。プレーンクッキーは言うに及ばず、ショートブレッドも立派に焼き上げる。

今度は運命の人とうまくいくといいな、と父が冷やかしたことがある。麻衣が十歳のときだ。麻衣は恥ずかしさに大泣きし、その後三ヵ月にわたって父と口をきかなかった。以来、麻衣が真剣な顔で台所に入りクッキーを作りはじめれば、父も母も麻衣の邪魔をしない。ただ軽く目配せをしあい、心の内で願うだけである。今度こそ、この子の恋が実りますようにと。

麻衣がクッキーを焼き続けて十五年、一度たりとも、運命の人が運命であったためしがないのだった。

百六十度のオーブンで二十分、クッキーは見事に焼きあがる。麻衣はそれらを網に並べる。冷めたところでひとつを味見する。さくっと軽い歯ごたえ。大成功である。

「おれにも味見」という父を無視して、茶こしで粉糖をふりかける。クリスマスにはぴったりの、スノーパフができあがる。

明くる日、ラッピングをしたスノーパフをバッグにしのばせて、麻衣はスターマートに自転車を飛ばした。店先にいる店長に挨拶をし、裏口に向かう。運のいいことに、更衣室前の通路に椅子を出し、サンタ姿の運命の男が煙草を吸っていた。

「あの」麻衣はサンタの前に仁王立ちするように立ち、思いきって声をかけた。星野修平はぼんやりした顔を麻衣に向ける。麻衣はバッグに手を入れて、リボンをつけた箱を取り出す。

「少しクリスマスには早いんですが、これ、プレゼントです」

何を言われたのかわからないという顔で、修平は麻衣と箱を交互に見る。

「あ、中身は、あの、クッキーです」

修平がなんにも言わないので麻衣は言った。

「そりゃどうもありがとう」

ぼそっと言って修平はそれを受け取った。それからようやく、麻衣に向かってにっと笑った。

「おれ、手作りクッキー好きなの。連れはさ、料理うまいんだけど甘いものが下手なんだよ。クッキー焼いてって頼んだら、煎餅みたいなかたいの作りやがって。あはは。マジ、ありがとね」

修平はリボンつきの箱をサンタの衣裳のポケットにしまい、煙草を灰皿に押しつけて立ち上がった。「うーん、やる気出たぞー」伸びをしながらのんきな声を出し、「さー、あとひとがんばりすっかー」店へと向かった。

連れ？

麻衣は更衣室のドアを開けながら、修平の言葉を反芻する。連れ、って何？相棒、ってこと？　なんの相棒？　荷物を置き、スターマートのロゴ入りエプロンを身につけ、更衣室を出る。レジに向かうとゴンゾーがいた。麻衣はゴンゾーの隣に立つ。子どもを連れた女の人が、ビールとワインをカウンターに置く。麻衣がレジを打ち、ゴンゾーがそれらを袋に詰める。ありがとうございました、と声を揃えて女の人に頭を下げる。そうか。麻衣は静かに思う。料理のうまい相棒がいるわけか。運命の男は、私に会うより先に運命の女に会ってしまっていたわけか。

「秒速で失恋しちゃった」

隣に立つのがゴンゾーだということも忘れ、麻衣はぽつりと言った。ゴンゾーは、それを聞くと気の毒になるくらいあわてて、

「え、あの、え、それって、え、失恋って」ぼそぼそとどもる。

「運命の人に会うのはむずかしいよね」自動ドアの向こうに見え隠れする、赤い衣裳をちらりと麻衣は見る。

「かんたんだったら、つまんないし」

なぐさめているつもりなのか、無口なゴンゾーが、つっけんどんにそんなことを言った。

「そうだよね。かんたんだったらつまらない」

麻衣はゴンゾーの言葉をくりかえして、笑った。思えば、五歳で作ったクッキーは失敗だった。十五年かけて、失敗知らずになったのだ。失敗をくりかえしていつか成功にたどり着くのだ。何度も間違えて、間違いをくりかえして、この世界のどこかにいる運命の人にいつかきっと会えるに違いない。

まだ残っている材料で大量のスノーパフを作って、知り合いぜんぶにプレゼントしてまわろうかな。麻衣はやけくそでそんなことを思う。もちろん、ゴンゾーのには毒なんか入れないよ。心のなかだけで言って、麻衣はちいさく笑った。

11回目のごはん

豚柳川できみに会う

星野秋男のこんだて帖

スターマートの店主である星野秋男は、甥の修平にも、社員やアルバイトたちにも、隠していることがひとつある。週に一度の料理教室通いである。今年の四月から、電車に二十分揺られ、秋男はとある料理教室に通っている。最初は、料理教室があるビルに入っていくのも恥ずかしかった。えいや、と心のなかでかけ声をして自動ドアをくぐりぬけたのだ。

男の料理教室と、基本コースと、どちらに申し込むかでさんざん悩んで、結局基本コースにした。男の料理なら全員男だから恥ずかしくないだろうが、しかしこの際基礎から学んだほうがいいのではないかと思ったのだった。この先、生きているかぎり食べることと縁は切れないのだから。秋男は、二年前に妻を亡くしたばかりだった。

五十二歳の若さだった。

料理教室にいこうと、そもそも思い立ったのは、しかし日々の食事に苦労していたからではない。妻が死んですぐは、ほとんど食欲もなく、夜、十一時に店を閉めてから、近くの飲み屋でつまみを何品か、酒で流しこむように食べた。店が休みの日は、コンビニエンスストアの弁当を買って食べた。至るところにコンビニエンスストア、ファミリーレストラン、飲み屋にラーメン屋にファストフード店がひしめくこの町で、料理をせずとも食事をすることはかんたんだった。

ところが、妻がいなくなってから、日に日に恋しくなる料理があった。めずらしく空腹を覚えたとき、あれが食べたいなあ、とぼんやり考えている。その「あれ」は、しかし、ファミレスにもコンビニにも定食屋にも見あたらない。家事はいっさい妻にまかせっきりで、米をといだこともない秋男は、その「あれ」がどんな料理かすらもうまく説明できない。

「豚肉が入ってんだ」アルバイトのなかでも年上の中島三和に言ってみる。「卵でとじてあって」

「あ、カツ煮」と三和が言うので、その作り方を聞いて、作ってみた（カツは三軒先の平田肉店で買った）。ぜんぜん違う。何かべつのものが入っていた、えーとそうだ、ごぼう。

「ごぼうも入ってんだ、あと、緑の」と、また三和に訊くと、「聞いたことないです」という答え。修平に、恋人に訊いてくれるよう頼んでみた。伝言ゲームのように修平が教えてくれた料理は「豚肉巻き巻き」という珍妙な料理で、豚肉でごぼうや人参やアスパラを巻いて焼いたり煮たりしたものだった。形状が違う。話にならない。

クリスマスに、アルバイトの山根麻衣がクッキーをくれたので、麻衣にも訊いてみた。「私、クッキー専門なんです」となぜか怒ったように返された。

それで思いついたのが、料理教室だった。スターマートの定休日である月曜日の午後、料理教室に通うようになって、もう半年以上が過ぎた。

最初は、身を隠すように通い、教室内でも縮こまっていたのだが、思いのほかたのしくなってきた。基礎コースには女性が多いが男性もいる。女性たちも、五十代半ばの秋男を変な目で見ることはないどころか、親しげに話しかけてくる。何より、みんな初心者なのがいい。米をといだこともない自分だが、鶏肉と豚肉の区別もつかない女の子もいた。

受付にいつも座っている眼鏡の女性にも、秋男は件《くだん》の料理について訊いてみた。野坂というネームプレートをつけた彼女は、少し考えたのち、「貧乏すき焼き?」とつぶやいた。牛ではなく豚肉を使ったすき焼きを、彼女はそう呼ぶらしかった。それに近いような気もしたが、しかし「貧乏」と冠したネーミングにむっとして、秋男はそれ以上訊かなかった。

二ヵ月、三ヵ月、とたつにつれ、秋男はなんとなく料理のちいさな真理をつかんだような気がした。醬油と酒と砂糖は、料理界における三種の神器である、というのがそれだ。妻の料理は、今まで「肉じゃが」「きんぴら」「煮物」「煮魚」などのひとかたまりでしかなかったが、その成り立ちが理解できるようになった。肉じゃがは「肉じゃが」というひとかたまりではなく、牛肉とじゃが芋と玉葱と人参（妻のには絹さやと糸蒟蒻《こんにゃく》が入っていた）を、醬油と酒と砂糖で煮てできあがる、という具合に。

そうして先週、その日習った鶏とじゃが芋の味噌煮を頭のなかで復習しながら帰る道すがら、天啓のようにひらめくものがあった。秋男は思わず「あっ」と声を出してしまったほどだ。「あれ」がどのような料理だったのか、とつぜんわかったのである。

電車を降りると、秋男はせかせかと商店街を歩きまわった。豚バラ肉を買い、ごぼうを買い、少し迷って三つ葉とクレソンを両方買い、卵を買って、急いで家に向かう。

そして台所に立った。

だしをとるかたわら、ごぼうをささがきにする。教室でやったが、人まかせにした天罰か、うまくいかない。太いのやら、透けるほど薄いのやらができてしまう。そのとき映像が鮮明に浮かぶ。「ピーラーだとものすごくかんたんなのよ」台所に立った妻が、テレビを見る秋男をふりむいて笑う。もたもたと秋男はピーラーをさがし出す。それでごぼうをささがきにしてみる。たしかに、包丁よりはずっとかんたんである。

ごぼうを水に放つのは教室で習った。豚バラ肉を適当に切り、妻の使っていた小鍋に敷いていく。あく抜きの終わったごぼうを、その上に盛大にのっける。そうだ、そうだ、これだ、といつのまにか独り言が口をついて出る。

昆布と鰹でとっただしを注ぎ入れ、ガスの火をつけ、そうして三種の神器の登場である。えーと、さしすせそ……秋男はつぶやきながら、砂糖、酒、醤油を注ぎ、少しずらして蓋をする。やがて、しゅんしゅんと湯気がたちはじめる。またしても、くっきりと妻の後ろ姿が浮かぶ。ああ、あく、あく。秋男は妻を真似て、鍋の前に立ちていねいにあくをすくう。

子どもはできなかった。できなくてもいいよねと、二十五年前、妻は笑って言った。さみしそうに見えた。そのとき三十歳だった秋男は決意した。子どもに注ぐべき愛情を、この人にずっとずっと注いでいこう。犬を飼った。その犬も十六年生きて死んでしまった。妻は、びっくりするほど泣いた。毎日泣き続け、目が腫れてお岩さんみたいな顔をしていた。

あのときの決意を実行できたのか秋男にはわからない。忙しいばかりの毎日だった。気がつけば、妻は段ボール箱のガムテープを手でちぎれるようになり、ビールケースを平気で運べるようになっていた。旅行なんてたまにしかいけなかった。レストランにもめったにつれていかなかった。家事はまかせっきりだった。それでも文句を言わない妻だった。洗濯ものを干すときは、馬鹿みたいな大声で鼻歌を歌っていた。アイロンは苦手だったらしく、アイロンが必要な服は買わなくなった。サラリーマンの妻じゃなくてよかったわと笑っていた。朝、昼、晩とごはんが出てくるのが秋男には当たり前だった。それがおいしいということにも気づかなかった。外食が続いてようやく気づいたのだ、妻の作る料理はどこの店でも食べられないのだ。

ごぼうに醤油の色がしみてくるころ、秋男は三つ葉とクレソンをちぎって、これもまた盛大にのせ、蓋をする。これで「あれ」にならなかったらアウトだ。もうあきらめるしかない。

秋男は鍋の蓋を少しだけ持ち上げ、腰をかがめて中身を確かめる。卵が半熟状になっているのを見極めて、火を消す。

「できたできた」ちゃぶ台を拭く。焦げあとの残る鍋敷きを置き、小鍋を運ぶ。

「開けちゃうか」

にやりと笑い、店から越乃寒梅を持ってくる。秋男はちゃぶ台に正座し、いただきますと両手を合わせ、鍋の蓋を開ける。白い湯気が視界を隠す。取り皿に鍋の中身をすくい、はふはふと息を吹きかけ口に運ぶ。

ああ、これだ。これだった。豚肉のほのかな甘み、卵のとろとろ、ごぼうの歯ごたえ、三つ葉の香り、クレソンのほろ苦さ。これだ、あいつがよく作ってくれたのは。

「かんたんなのよ。手抜き料理」記憶がまたよみがえる。妻はそう言って、向かいの席で笑う。

「ねえ、おいしい？」

ねえ、おいしい？　と妻はよく訊いた。おいしいと、自分はちゃんと答えていたか。秋男は不安になる。それで、つい大声で言ってしまう。

「おれはこんなにおいしいものを食べていたんだなあ」

肉じゃが。きんぴら。卵焼き。ほうれん草のごまよごし。白和え。春菊の煮浸し。味噌汁、漬けもの、白くつややかなごはん。かつて妻が作っていた、なんにも言わず作り続けていたあまたの料理が、ちゃぶ台の鍋を取り囲むように浮かぶ。どんなレストランでも食堂でも、けっして食べることのかなわないもの。

「あっ、いけね、忘れてた」秋男はいそいそと立ち上がり、べつの取り皿を持ってくる。小鍋のなかの、まだ手をつけていない部分を崩さないように皿に移し、まだ真新しい仏壇に供える。ちんと鉦を鳴らし、手を合わせる。

「いつものくせで、先に食っちまってすまん。これ、おれの自信作。また作る。楽しみに待ってろよ」秋男はぶつぶつと口のなかで言い、日本酒をなめるように飲んだ。

次第に酔ってくる頭のなか、十六年生きたポチと妻が、だだっ広い野っ原に並んで座り、秋男の手料理を分け合いながら食べている姿が、まるで見たように思い浮かんだ。

12回目のごはん

合作、冬の餃子鍋

野坂すみ子のこんだて帖

野坂すみ子は食に対してたいへんにプライドの高い人間だった。ファストフードを口にする人を軽蔑していた。評判の店に食事にいき、満足できる味ではないと、平気で残して店を出た。自分ひとりで食べる食事にも手を抜かない。八時過ぎに帰ってこようと、一汁三菜を心がける。六年前、就職先には老舗の料理学校を選んだ。今はそこで事務をやっている。持ちまわりで受付に座ることもある。新しい料理法を教わることも多いし、おいしいお取り寄せ品の情報もよく耳にする。すみ子には理想的な職場だった。

食の好みが違う人とはぜったいにつきあわない、というのがすみ子の持論だった。学生時代に恋人と別れてから六年間ひとりでいるすみ子を、学生時代の友人たちも職場の同僚たちも合コンに誘ってくれるのだが、一度もいったことがない。合コンの行われる店はたいてい、フランチャイズの居酒屋だからだ。男の人と知り合いたいと思わないでもないが、しかしそんな店でまずい料理を食べるのは、たった一度でもいやなのだ。

そんなすみ子が、じつに久方ぶりに恋をした。相手は料理専門のカメラマン、楠瀬望である。料理学校が生徒に配る教科書の写真を、一年前から望が撮っている。

最初見たときから、なんとなく惹かれるものがあった。望の撮る写真もまた、すみ子は好きだった。料理の見栄えをよくするために油や水滴をかけるとか、炭酸に塩を入れて泡立ちをよくするとか、そんな小細工はいっさいしない。多少見栄えの悪い盛りつけでも、手なおしせずそのまま撮る。それでいて、できあがった写真のなかの料理は、本当に魅力的に見えた。料理を愛しているんだろうと、だからすみ子は思った。

あるとき、仕事を終えた望のほうから、すみ子を映画に誘ってきた。信じられない思いだった。しかも、望が口にしたのはすみ子も見たいと思っていたスペイン映画である。それからはトントン拍子だった。休日ごとにすみ子と望は距離を縮めていった。

映画を見、食事をし、ドライブをした。すみ子から経過報告を訊き出す同僚の珠希は、「カップルの理想的な誕生」と形容した。「二十八歳にもなった女が、妻帯者でもわけありでもない好青年と出会うことだって難しいのに、よくもまあ、調子よく進んでいくものよ。いいねえ映画。いいねえドライブ。私ももう一回そういう恋がしたいなあ」と、言うのである。

「青くさいって言いたいわけ？　しょうがないよ、私たち二人とも三十間近とはいえ恋愛年齢が低いんだもん」言い返しながら、しかし口元がにやけてしまう。六年ぶりに恋人とよべる人ができたことは、やはりすみ子にもよろこばしいことだった。

望の部屋に招かれたのは交際四ヵ月目、十一月のことだった。はじめて見る男の子の部屋を、すみ子はさりげなく見まわした。何もかもがものめずらしかった。スチール棚にぎっしりと詰まったカメラ機材。本棚を埋め尽くす写真集。壁に貼られたキャパのポスター。十四インチのテレビと、その三倍はありそうな馬鹿でかいステレオセット。こたつに入ったすみ子は、言葉よりもっと多く彼のことを知った気がして、それもまたうれしくなる。二週間前、自分の部屋を訪れた望も、そんなふうに部屋を見渡していたのだろうかとすみ子は考えてみる。

「こないだ、すみちゃん、おいしいごはんごちそうしてくれたろう。だから今日はそのお返し。こたつでのんびりしててよ。今日の夕飯はおれが用意するからさ」

望はこたつの上に缶ビールを置くと、台所にこもってしまう。そちらをちらちらとふりかえりながら、すみ子はビールをするように飲んだ。缶ビールを半分ほど飲んだとき、できたよー、と台所から陽気な声が響いた。

あまりにも早すぎる、いったい何を作ったのだろう。おそるおそるふりむくと、丼を二つ抱えた望が満面の笑みで背後に立っていた。

こたつの上に置かれた丼の中身を、すみ子はまじまじと見る。なんであるのか見当もつかない。しかもどうやら夕食はこの一品のみであるらしい。えーと、これは……。

言いかけるすみ子を遮り、新しいビールとマヨネーズをこたつに置き、望は得意げに言う。

「蟹缶丼。すごくおいしいから食べてみて」

丼の中身を、すみ子は箸ですくう。ごはんの上に蟹缶をあけ、海苔を散らしただけであるように見える。すみ子の視界に望の手がにゅっと伸びてきて、丼に大量のマヨネーズをしぼる。

「マヨはたっぷりかけたほうがおいしいんだ。その上に醤油をちょびっと垂らす」

「へええ、かんたんなんだね」すみ子は笑顔で言いながら、マヨネーズのたっぷりのった蟹缶丼とやらを、おそるおそる食べてみる。まずいことはない。蟹缶とマヨネーズと海苔とごはんの味がする。まずいことはないが、しかし……。
望とのデートで、店を決めるのがいつも自分であることに、じつはすみ子はかすかな不安を感じていた。どこに連れていってもおいしいもまずいも言わないことにも。カップラーメンの銘柄にやけに詳しいことにも。けれどあんな魅力的な写真を撮る人が、まさか食を愛していないわけがないと、その都度すみ子は不安を封じこめてきた。しかし蟹缶丼を前にした今、すみ子の不安は風船のようにどんどん膨れ上がる。

半年もすると、すみ子は別れたほうがいいのではないかと悩むようになる。週末、遠出をするより互いの部屋を行き来することが増えるに従って、問題はより深刻化したのだった。望はすみ子の見たことのないものばかり作り上げる。ツナ缶と大根おろしを混ぜただけのスパゲティはまだましで、バター醬油ごはんやポテチ丼なんてものまで作り、すみ子に勧める。煮干しでだしをとり、味噌汁を作ってきたすみ子には、異星人の食べものとしか思えない。体によくないのではないかと進言すると、ビタミン剤を渡される。いっそのこと料理をすみ子にまかせ何も作らないでくれればいいものを、自称料理好きの望は、すみ子の家でも三度に一度は自分の料理をすみ子に食べさせたがった。

食の好みが違う男とはぜったいにつきあわないと宣言していた自分を、苦い気持ちですみ子は思い出す。一日のうち何度も、やっぱり別れよう、と、それくらいで別れるなんて、とをくりかえす。

そして二月の土曜日、意を決してすみ子は望を部屋で待つ。今日へんなものを食べさせられたら別れを切り出そう。珠希になんとののしられたって、これからまた六年恋人ができなくたって、ポテチ丼を食べるよりはいい。

約束の時間より少し早く、望は到着する。手にスーパーの袋を抱えている。インスタントラーメンや青梗菜《チンゲンサイ》が透けて見える。自家製ラーメンでも作ってくれるのだろうかと、早くもすみ子は身構える。映画でも見にいこうかと連れ出し作戦にかかると、

「雪が降りそうなくらい寒いよ」と言われ、するとすみ子も出かけるのが億劫になってくる。ビデオを見たり、雑誌を見たりしているうちに、夕飯の時間が近づ

いてくる。

「今日は私が作る。望くんには餃子の皮でも練ってもらおうかな」望が台所に立つより早く、すみ子は先制攻撃に出た。

「でも、ラーメン作ろうと思って材料を買ってきちゃった」

「その野菜で中華スープを作るからだいじょうぶ」

「じゃ、全部いっしょにして鍋にしない？　寒いし、鍋、ちょうどいいよ」望はうれしそうに台所に向かう。「すみちゃんが餃子を作るあいだ、鍋の用意をするからさ」

「何鍋になるの？」すみ子はこわごわと訊く。

「餃子鍋！」またもやすみ子の聞いたことのない料理名が、望の口から飛び出る。

望がすみ子の指示通り餃子の皮を練るあいだ、すみ子は鶏ガラスープに望の買ってきた青梗菜やもやしを入れていく。なんだかどうでもよくなって、すみ子は買い置きしてある春雨やきくらげ、冷蔵庫のなかの筍もそのなかに投入する。練り終えた皮にスプーンであんをくるんでいく。「へえー、餃子ってこうやって作るんだ」望は感心したように言う。

ダイニングテーブルにカセットコンロを用意し、土鍋を置き、ぐつぐつ煮える鍋に餃子をひとつずつ入れる。醬油にお酢にラー油に豆板醬《トーバンジャン》をやけくそのように混ぜて、すみ子はたれを作る。

「二人の合作、餃子鍋！」望はぱかりと土鍋の蓋を開ける。ぼわっと上がる湯気のなか、餃子の白、青梗菜の緑、きくらげの黒が美しく浮かび上がる。

望が椀についでくれた具にたれをかけ、すみ子はおそるおそる口に運ぶ。そして目玉を丸くする。正体不明の鍋が、意外にも、おいしかったのである。すみ子は鍋をのぞきこみ、まだだいじょうぶかも、と思う。餃子と中華スープ、独立した料理だけれど、いっしょくたにしてこんな味になることもある。私とこの人、食の好みはどうやら合わないけれど、不思議においしいものを合作してしまうこともある。だったら、もう少し違いを楽しんでみようかな。

「ねえ、ここにインスタントラーメンを入れてもおいしいかも」すばらしいことを思いついたかのように望が言い、「うん、おいしいかも」思わず言って、すみ子は笑い出す。

13回目のごはん

決心の干物

玉乃井珠希のこんだて帖

玉乃井珠希はその日、午前八時五十分に職場に電話を入れた。電話に出たのは野坂すみ子で、「はいはーい」と絶好調な様子からすると、どうやら恋人とうまくいっているようである。

「ちょっと体調が悪くて、今日、休みますって伝えておいてくれる?」

珠希はそう言ってから、わざとから咳をした。

「やーだー、風邪? 声がへんよ」

「うん、風邪かもしれない。はやってるし」

「風邪ならね、大根おろしに蜂蜜と生姜と……」

「あーわかったわかった、ありがとう。作ってみるね。それじゃ、また明日ね」

すみ子の風邪特効薬レシピを聞き流し、珠希は電話を切った。マフラーをぐるぐる巻きにして、コートを着こみ、ブーツを履こうとしてやめ、ぺたんこ靴に足を通した。

平日の朝に近所を歩くのは、この町に引越してからはじめてである。コートを着こんだ勤め人たちは、この時間にはだいぶ少なくなっているが、みながあわただしく駅に向かう。彼らと反対方向にゆっくりと歩く珠希の視界に、店頭に野菜を並べる八百屋や、看板をおもてに出すコーヒーショップが飛びこんでくる。子どもを自転車の前後に乗せた若い母親が、必死に自転車をこいでいく。

ママー、カラスが見てるよー。前のチャイルドシートに座った子どもが言う。いいのよ、カラスなんかと目を合わせなくて！　母親が叫ぶ。だってー、見てるんだもーん。そのやりとりがおかしくて、珠希はこっそり笑う。

目的地が近づいてくると、だんだんどきどきしてくる。どっちかな。どっちだろう。どっちだったらうれしい？　右、左と足を出しながら、花占いをするように珠希はつぶやく。

そうしてついに、たどり着いてしまう。中原産婦人科。昨日、地図帳で調べた。いちばん近所にある産婦人科だった。門から庭が続いている。こぢんまりした洋館は、いかにも古めかしい。磨《す》りガラスのドアをそっと開ける。数人の女たちの姿が目に入った。みな、おなかが大きかったり、赤ん坊を連れていたりして、彼女たちはいっせいに見とがめるようにして珠希を見、どきりとする。「すみませんでした」とドアを閉め帰ってしまいたいのを懸命にこらえ、珠希はスリッパに足を通す。スリッパの冷たさが足にぺたりとはりつく。

検尿と診察のあと、珠希はふたたび診察室に呼ばれる。白髪の生えた医者は、くるりと椅子をまわして珠希と向き合い、

「おめでとうございます」

と、真顔で深々と頭を下げた。

「あの……」

「おめでたですよ」医者は言い、珠希が見たことのないカレンダーをぱらぱらとめくって見せ、「十一月の二十日。あなたの赤ちゃんはその日世界に出てきます」芝居がかっているようにもとれる重々しい口調で、そう告げた。

「はあ……」その口調にのまれるようにして珠希は言い、「ありがとうございます」

と深々と頭を下げていた。

赤ん坊ができて、うれしいのかうれしくないのか、珠希にはよくわからなかった。

仁川一平とは三年交際しているが、結婚の話は出たことがなかった。一平はどうか知らないが、結婚なんかせずに気楽につきあっているのがいちばんだと珠希

は思っていた。何より、珠希は家事が苦手だ。だしをとって味噌汁を作るという同僚のすみ子を、異星人のように思っている。食事は三食外食で、洗濯は週に一度洗濯機をまわせばいいほうで（下着や靴下はすぐに買ってしまうのだ）、年に一度上京してくる母親が、見かねて珠希の部屋を掃除する。

生活、というものが、どうも自分は嫌いらしいと珠希はうすうす思っていた。結婚生活という言葉で珠希が連想するものは、面倒、疲労、無意味な反復運動。結婚は珠希にとって単純に生活の二倍、〈面倒疲労反復運動〉の二乗としか思えなかった。

ところが、結婚の話も出ていないのに赤ん坊ができた。〈面倒疲労反復運動〉三乗である。まったくおそろしいことに、そこにはふたつの選択肢しかない。つまり、産むか、産まないか。しかもその選択は、コース料理のメインを魚にするか肉にするかとか、テレビを液晶にするかプラズマにするかとか、そんなかんたんなものではないのである。

「だって産まない、ってしたら、つまりはあんたの世界をひとつ、私が消しちゃうってことでしょう……」産婦人科を出たところで、まだなんの変化もない腹をさすり、珠希はちいさくつぶやいた。「でもあんたを産むってことは、私の世界が大きく変化するってことだし……」

珠希はバッグから携帯電話を取り出した。一平のアドレスを表示したが、すぐにフラップを閉じてまたバッグにしまう。そのとき自分がさっき足を通したぺたんこ靴が目に入った。私、結果がはっきりしないのに、ヒールのあるブーツじゃなくて、ぺたんこ靴をちゃんとはいたんだなあ。珠希は不思議な気持ちで思う。

ぺたんこ靴でぺたぺたと商店街を歩く。勤め人の姿はすでになく、店はほとんどシャッターを開け営業をはじめている。カートに寄りかかるようにして歩くおばあさんや、ベビーカーを押す若い母親がのんびりと歩いている。珠希の前を歩いていた中年女性が、すっと魚屋の前で立ち止まる。その後ろ姿が、自分の母にあまりにも似ていたので、珠希もつられるように立ち止まった。

「干物にするんだけど」女性が言う。えっ、干物って作れんの？　珠希は驚いて女性と魚屋を見比べた。

「今日はいい鯵《あじ》があるよ。イカもあるし、鯖《さば》もある」

「そうねえ。じゃあ鯵とイカをいただこうかしら」

「はいよ。おねえさんは」威勢のいい魚屋は、ショーケースから魚を取り出しくるくると包みながら珠希に訊く。

「えーと、じゃあ私も、鰺とイカ」

つられて珠希は言っていた。わきに立つ女性は、財布を取り出しながら珠希をちらりと見、目が合うとにっこりと笑った。正面から見れば、母よりもずっと若い人だった。けれど珠希は、やはり母を思い出した。幼い自分の手を引いて、魚屋の前に立ってあれこれ選んでいた、若き日の母を。

ひょっとして。釣りと包みを受け取り、立ち去っていく女性の後ろ姿を見やって珠希は思う。ひょっとして、うちで食べていた干物も、おかあさんが作ったものだったのかな。しょっぱいときと、薄味のときと、塩加減がまちまちだったから。

「はいよ、おねえさん」

包みを差し出され、珠希はあわてて財布を取り出す。

どうするよ、これ。

包みをほどいて流し台に置いた魚を、珠希はまじまじと眺める。米を炊くのも年に一度か二度の珠希の台所は、まるで雑誌に出てくるように整然として、ぴかぴか光っている。生活感のまるでない台所に、生魚はいかにも不釣り合いだった。

珠希は魚を見下ろしたまま、子機を片手に母親に電話をかける。

「まあ、めずらしい、平日の昼間に電話なんて」受話器の向こうから母ののんきな声がする。

「あのさあ、干物って作ったことある？」

「やあねえ、何言ってんの。冬場はいつも作ってたわよ。もうやんなっちゃう。せっかく苦労して作っても、作ったことある？なんて言われるんだもの」

「どうやって作るの？」

「なあに、めずらしい。あんた作るの？　なんの干物を作ろうっていうの」

「鯵とイカ」

「鯵は包丁の刃先を外側に向けてね、おなかをぐーっと開けて、内臓を出して」

母は嬉々として説明をはじめる。

「待って待って、今書くから」

母の説明をひととおり聞き、メモをとり、

「わからなくなったらまた電話する」珠希はそう言って電話を切ろうとした。切り際、「あ、待って」とあわてて声を出した。

「なあに、まだわかんないことがあるの」

「あのねえ、おかあさん、おかあさんになってよかったと思う？」自分のやけにまっすぐな声が耳に届く。母は一瞬だまったのち、けらけらと電話口で笑い転げた。

「よかったか、よくないかなんて思ったことないわ。だって私、なんだか生まれたときからあんたのおかあさんだったような気がするんだもの。おかあさんじゃない自分なんて今さら想像できない」

電話を切り、珠希は包丁を握りしめて母の言葉を反芻する。たしかに、自分の母親ではない玉乃井雅子は想像できない。母と私って、ひょっとしたらずっと最初っから、母がうんとちいさなころから、もうすでに親子だったのかも。とすると、ここにいるだれかも、ずっとずっとどこかで、私と会うのを待っていたのかも。家事が苦手で生活なんか大嫌いと思っている私のことも、ここにいる人はもうすでに知っているのかも。それでもいいよって言っているのかも。珠希は左手を、まだ膨らんでいないおなかにそっとあててみる。

せいぜいトマトやチーズくらいしか切ったことのない珠希には、魚を開くのは想像を絶して難しかったし、時間がかかった。母の言うとおり、水・塩・酒・みりんで作った調味液に魚をつけるころには、三時を過ぎていた。三十分液につけた魚を、下着を干すための丸いハンガーに吊るしていく。それをベランダに干してみると、洒落た部屋も台所も、一気に生活臭で満たされた。ゆるやかな風に魚はくるくるまわる。

「うわー、だせー」

部屋からそれを眺め、珠希はひとり笑った。笑いすぎて涙が出た。携帯電話のカメラを向けてシャッターを押し、笑いながらそれを一平に送ってみた。

すげー、干物作ったの？　いつ食べられる？　すぐに返事がきた。

十二時間後。明日食べにおいでよ。

それを打ち終えたとき、部屋の電話が鳴った。受話器を取ると母からだった。

「あんた、もしかして……」さっきとは打って変わって、まじめな声を出している。

「私もおかあさんになるよ」珠希は言った。「干物は年に一度しか作れないかもしれないけど」

「まあ、まあ、まあ、まあ」母は素っ頓狂な声を出して、しばらく黙ったあと、

「やったあ」子どもみたいにはしゃいだ声で叫んだ。

14回目のごはん

結婚三十年目のグラタン

玉乃井雅子のこんだて帖

やったあ、やったあ、と口ずさみながら、玉乃井雅子は洗面所に向かう。洗面所の鏡に、少女のように両手を胸の前で組む自分の姿が映し出される。

「えーと、なんだったっけ」

鏡のなかの自分に向けて、雅子はつぶやいた。なぜ洗面所にきたのか、思い出せないのだ。

「どうしたんだ?」

廊下の向こうから夫、玉乃井泰男の声が聞こえる。とたんに華やいでいた気分がしぼむ。返事をしないでいると、

「どうしたんだあ?」夫の声の音量はさらにあがる。

あのねえ、珠希に子どもが……。喉まででかかった言葉をのみこんで、雅子は意味もなく鏡をのぞきこみ髪を整える。ようやくなぜ洗面所にきたのか思い出す。珠希と電話をしているとき、洗濯終了のブザーが聞こえてきたのだ。洗濯機の蓋を開け、中身を洗濯かごに移しながら、雅子は小声でぶつぶつつぶやく。

「ふん、だーれが教えてやるもんか。どうせ、相手の男はどんなやつだ、順番が間違ってるんじゃないのか、だいたいおれはまだ挨拶もされていないとかなんと

か、難癖つけるに決まってるんだから。どっこいしょっと」

かけ声をかけて洗濯かごを持ち上げ、雅子は洗面所を出る。庭におりるために居間をつっきると、泰男はまだ、こたつに入ってテレビを見ている。洗濯物の詰まったかごを運ぶ雅子を見ずに、

「どうしたんだ」しつこくまだ訊く。

「なんでもありませんよ」雅子は冷たく言い放ち、庭に面したガラス戸を開ける。

まだ肌寒いが、しかしずいぶん風がやわらかくなったと、庭におりた雅子は思う。

洗濯物のしわをのばしながら、次々と干していく。

泰男は昨年、四十年近く勤めた小学校から退《しりぞ》いた。やめてすぐは、「第二の人生だ」とはりきって、シルバー人材センターに顔を出したり、ボランティアの説明会にいってみたり、地域の集まりに出かけたりしていた。けれど三ヵ月もすると「第二の人生」を放り出した。アルバイトをさがすこともなく、ボランティアをはじめることもなく、地域の集まりの日にちも確認しなくなった。以来ずっと

家にいて、午前中は新聞を三紙読み、午後はテレビを眺め、夕方は歴史小説を読み、夕食前にふらりと散歩にいって、夕食後は借りてきたビデオを見たり、歴史小説の続きを読んでいたりする。

人間関係がうまくいかなかったんだわ、と雅子は推測する。ずっと先生と呼ばれていた泰男は、人材センターやボランティアの説明会で、新米扱いされたり、おじいさん扱いされたりすることに我慢がならなかったんだろう。地域の集まりでも、気安く話しかけられることをプライドが許さなかったんだろう。

泰男が家にいるようになって、三ヵ月、半年とたつうちに、雅子はだんだん泰男の存在それ自体に苛立つようになった。今まで気にならなかった箸の上げ下ろしひとつも、腹立たしくてしかたがない。「たまにはでかけたらどう」と言ってみるが、「暑いから」「寒いから」「雨が降りそうだから」と理由をつけて泰男は出かけたがらず、ならば家事のひとつでも手伝えばいいものを、雅子が洗濯していても掃除をしていても、主《ぬし》のように居間に居座ったまま動かない。

洗濯物を干しながら、雅子はちらりとガラス戸の向こうを見る。四月も近いというのにこたつに入ってテレビを眺め、ときおり、に、と笑う夫の姿が見える。

ああ、やんなっちゃう。雅子は夫から目をそらし、バスタオルを思いきりはたき、ピンチにとめる。

先生と呼ばれなくなった泰男は、何かというと主導権を握りたがるようになった。

こたつだって、雅子がしまおうと提案しても、「寒《かん》の戻りがあるのだから」と頑としてゆずらなかった。珠希の結婚と出産を、威厳を見せるためだけにぶち壊さないでくれればいいけど……。雅子はそんなことを思う。

区で行われる無料健康診断を泰男が受けたのが三月の半ばで、その結果が届いたのは、三月の終わりだった。ダイニングテーブルにぽんと投げ出されるように置かれたそれを、雅子は何気なく手にとって眺めた。そして顔から遠ざけたり近づけたりし、「やだ」とちいさくつぶやいた。血糖値が平均よりもずっと高く、「要再検査」と手書き文字で書かれていた。

「ねえ、ちょっと」居間で歴史小説を開いている泰男のところに雅子は小走りに向かった。「あなた、糖尿病なんじゃないの」話しかけても泰男は本から顔を上げず、うん、とも、おん、とも、ふん、とも聞き取れる声を発しただけだった。

「食べるだけ食べて運動しないからよ、少し出歩いたらどうなの、隣町のスポーツクラブにでも入ったら？　それにあの早食いをなんとかしたらどうなの」

矢継ぎ早に言うと、泰男は面倒そうに頭をふり、

「おまえにはなんの迷惑もかけないよ」

ぼそりと言った。そのとき、雅子のなかで何かがぷつりと音をたてて切れた。

「何よそれっ」雅子は健康診断の用紙を足元に投げ捨て、今まで出したこともないほどの大声をはりあげていた。「あなたのことを考えて言っているのに何よっ！　家族のひとりが病気になれば迷惑はかかるのよっ！　そんなこと言うなら離婚しましょう！　ええ、離婚しましょう！　ひとりで暮らしてみればいい、だれにも迷惑かけたくないならなんでもひとりでやってごらんなさいよっ」

あまりの剣幕に目を丸くして驚いている泰男に背を向け、雅子は家を飛び出した。

飛び出したところで、一瞬冷静になり、すばやく玄関を開け財布と携帯電話を買いものかごにつっこみ、食卓の椅子にかけてあったカーディガンをひっつかむ

と、勢いよく玄関の戸を閉めて門の外に出た。

そうよ、離婚よ。雅子は肩をいからせてずんずん歩いた。これから私、好きなように生きるわ。食事だって好きなもの食べて、洗濯だってひとりぶんだけやって、ときどき上京して珠希の赤ん坊と遊んで、ついでに歌舞伎を見たりフランス料理を食べたりして、そんなふうに好きに生きるわ。雅子はかけ声をかけるように心の内でくりかえしながらずんずん歩き続けた。

しかし気がつけば、いつものように商店街を歩き、いつものように八百屋や魚屋の店頭をのぞいている。「その鰆《さわら》を二切れ……」言いかけて、雅子はあわてて口に手をあてた。習慣とはおそろしい。家を出てきたばかりだというのに、私ったら夕食の買いものなんかしようとしている。

「あら奥さん。毎度どうも。ダンナ元気？」魚久の若奥さんが雅子に笑顔を向ける。

「元気も何も。糖尿病かもしれないのよ」無視して通り過ぎるわけにもいかず、雅子はいつものように軽口をたたいた。

「あらー、血糖値？　それじゃこれからメニュウ工夫しなきゃね」魚久の若奥さんは商店街のなかではもっとも話好きで、雅子はここに買いものにくると必ず話しこんでしまう。

「そうなのよ。いやんなる。もう離婚しちゃおうかと思って」冗談めかして本音を言うと、魚久の若奥さんは天を仰ぐようにして笑った。

「やーだ奥さんたら、おもしろいこと言うよね、あいかわらず」

冗談じゃないのよ……言おうとした雅子を遮り、若奥さんは営業にかかる。

「今日はいい鱈《たら》が入ってんの。鱈とほうれん草のグラタンなんてどう？　低脂肪の牛乳を使えばカロリー低くなるし、そのわりにボリュームあっておいしいよ」

「へえ。鱈とほうれん草のグラタン」つぶやくように雅子に、魚久の若奥さんは手早く調理法を口にする。「くわしいのねえ」思わず雅子が言うと、

「うちのとうちゃんも糖尿だったから。そうそう、区民センターで糖尿病のための料理教室とかやってるよ。いってみたら？　あれもだめ、これもだめって思いがちだけど、案外そうでもないんだよ」

気がつくと、買いものかごに鱈とほうれん草、低脂肪牛乳を入れて、雅子は区民センターにいた。受付の女性に訊くと、料理教室の詳細が書かれた用紙と、今

までテキストに使ったらしい調理のカラーコピーを数枚くれた。さらに気がつくと、雅子はそれを読みながら、冷蔵庫にあるものを思い浮かべ家に向かう道を歩いていた。きのこも木綿豆腐もひき肉も少しずつ残っているから、このきのこマーボーってのも、作ってみようかしら。クレソンとホタテのスープなんてのもいいわね。春菊なら残ってるけど、代用できるかしら。いつのまにか、わくわくしていることにも雅子は気がついてしまう。料理のことを考えると、雅子は昔からわくわくしてくるのだった。しかも、カロリーが低く栄養が偏らず、なおかつ食べ応えのある食事、などとハードルが高くなると、山を前にした山男のように、むくむくと挑戦心が芽生えてくるのだった。

何ごともなかったように家に戻り、雅子は台所に直行し、ほうれん草を茹で鱈の両面を焼き、低脂肪牛乳でホワイトソースを作りはじめる。鼻歌さえ出てきている。ふん、見ていなさい。ホワイトソースを木べらでかきまわしながら雅子は思う。来年にはあの数値、絶対落としてやるんだから。ありがとうって、あのえばりんぼに言わせてやるんだから。

「あのー、これ……」

台所に入ってきた泰男が、赤点のテストを差し出すようにおずおずと何かを差し出す。受け取ると、スポーツクラブのパンフレットだった。

「よければきみもいっしょに……」口ごもるように言い、泰男は意味もなく冷蔵庫を開け閉めしている。

「電気代の無駄になるから冷蔵庫は開けたらすぐに閉めて！」雅子はパンフレットに目を落とし、ぴしゃりと言った。

あわてて冷蔵庫を閉めている泰男を見ずに、雅子は続ける。「そうね、私もいこうかしら。珠希の赤ん坊が大きくなったらいっしょに歩きたがるような、元気なじいさんばあさんになりたいものね」

「えっ、なんだそれ」泰男は素っ頓狂な声を出す。「珠希の赤ん坊って、なんだそりゃ」

見る見るうちに泰男の頬が赤く染まり、それがおかしくて、パンフレットを持ったまま、雅子は笑い出す。笑いすぎて、目尻のしわに一粒、涙がこぼれ落ちる。

最後のごはん

恋の後の五目ちらし

久原千沙子のこんだて帖

客足がとだえた昼下がり、魚久の若女将、久原千沙子は店先に出て大きく伸びをする。春だねえ、と思わずひとりごとをつぶやいてしまう。冷えこんでいた空気がすっかり和らいでいる。この季節は芽吹いた花のにおいが混じり合い、深呼吸するとかすかに甘いにおいがする。なんだか五目ちらしが食べたい、と唐突に千沙子は思う。菜の花のお浸しをつけてさ。ちらしにお浸しとくれば、蛤のお吸いものだ。

昼寝を終えた夫の将孝が、大口を開けてあくびしながら店に出てくる。早朝に魚を仕入れにいく将孝は、早い昼食のあと昼寝をするのが日課だった。

「今日、夜、なんにしようか」千沙子は、並ぶ魚に水をかける将孝に訊いてみる。夕飯の献立は心の内で決めてしまっているのだが、このところ千沙子は賭けをするような気持ちで訊いている。

「そうだなあ、混ぜごはん、かな」

ぼんやりした声で将孝は答え、また当たった、と千沙子はちいさく喜ぶ。将孝の言う「混ぜごはん」とは五目ちらしのことで、ここ最近、夫の答えは自分の思い浮かべたものと、ぴたりと合致しているのだった。おとついは、鯖《さば》が食べたいと思っていたところ、夫の答えは「鯖の塩焼き」だったし、三日前は、パスタでこれもビンゴ。

「じゃ、今日は混ぜごはんにしよう、そうしよう」

「買いものいってきてもいいぞ、おれ店にいるから」

「じゃ、四時には戻るね」

千沙子は前掛けを外しながら店の奥へと向かう。店は、久原家の台所とつながっている。ジャンパーを羽織り財布を手にして、千沙子は勝手口からおもてに出る。

駆け落ち同然で将孝と暮らしはじめたのは、もう二十年も前のことになる。魚屋の女房になるとは、二十代の千沙子は思っていなかった。童話作家になりたかったのだ。大学を出たあと、絵本の専門学校にも通った。製薬会社に就職しても、せっせと作品を仕上げては応募していた。二十六歳のとき、友だちと旅した台湾で、将孝に会った。千沙子よりふたつ年下の将孝は、当時はまだ珍しかったバックパッカーで、一年ほど世界をまわったあと台湾に着き、これから沖縄に船でいくのだと言っていた。

友だちは「かっこが汚い」という理由で将孝をよく思っていなかったようだけれど、千沙子は彼が、未知なるものの詰まった宝箱に思えた。

将孝と東京で再会するのは半年後である。すぐ交際するようになり、その三ヵ月後には、将孝は千沙子のアパートに転がりこんできた。アルバイトをして、ある程度お金が貯まると国内外問わず旅に出る、それが将孝の生活だった。待つことは苦にならなかった。帰ってきた彼から未知の場所の話を聞くことが千沙子は楽しみだった。

同棲は千沙子の両親にすぐばれた。世間体が悪いと言い募る彼らに、将孝は、結婚させてくださいと開きなおるように言った。もちろん答えは否だった。何しろ将孝は無職だったのだから。

今考えれば、ほかにもやりようがあっただろうに、二人は東京から逃げた。千沙子はそのとき仕事もやめた。将孝といっしょにいられるならばほかのものは何もいらないと、本気で考えたのである。

蓮根や人参を手に取りながら、千沙子の口元は思わずゆるむ。あのころの私は、なんて甘かったんだろう。顔見知りの奥さんが話しかけてきて、千沙子はにやついた顔のまま挨拶を交わす。

逃亡先の沖縄で暮らしたのはほんの数ヵ月だった。仕事も見つからず生活費に事欠くようになったのと、将孝の父親が倒れたのがほぼ同時で、二人はそのまま、将孝の実家のあるこの町に引っ越してきた。将孝は店を継ぎ、あれよあれよというあいだに、千沙子は魚久の若奥さんと呼ばれるようになった。入籍はしたが式も挙げなかった。新婚旅行もなし。この町に引っ越してからは働きづめである。

店の様子を見ながら台所で夕食の準備に取りかかる。蓮根を酢水にさらしたところで「おーい」と店から声がかかる。濡れた手を前掛けで拭きながら店に下りて接客し、客足が落ち着いたところで今度は椎茸を甘く煮つける。また「おーい」の声がかかり、ガスの火を止めまた店へ。店と往復しながら一段階ずつ進める調理に、千沙子はもう慣れっこだ。

こんなはずじゃなかった、という思いにとらわれたのは四十歳間近のころだ。童話作家になりたいんじゃなかったっけ。未知なることの詰まった男に恋をしたんじゃなかったっけ。両親に反対されて駆け落ちしてしまうような、熱い気持ちが自分たちのあいだにはあったはずではなかったっけ。それなのに気がつけば、店と台所の往復で、もう十五年もたってしまった。自分のくりかえす生活――駆け落ちの果てに待っていた暮らし――が、とことん退屈なものに千沙子には思えてしかたがなかった。やむなく結婚を認めた父はすでに亡くなり、あれほど反対していた母は、今や千沙子が離婚することを恐れている。とことん頭の古い親なのだ。

最近ようやく、今の生活も、これはこれでおもしろいかもしれないと千沙子は思えるようになった。きっかけは、魚久のホームページである。

将孝が、インターネットで干物の通信販売をはじめると言い出したのは去年である。干物は将孝の母親のお手製である。最初はホームページを見にくる人さえなかったが、数ヵ月後、ちらほらと全国から注文がくるようになった。今ではネット注文を受けつけ発送の手配をするのは、千沙子の仕事である。

立花協子という、都内に住む女性からメールをもらったのは去年の夏だった。ネットで買った干物がとてもおいしかったというお礼のメールで、短く文章が添えられていた。「じつは数ヵ月前失恋をしました。ひとりの食事はときにつらくもあるけれど、おいしいものに出会えると前向きな気持ちになります。魚久さんのお魚もそうでした。ありがとうございました」と書かれていた。数週間後、「またお願いします」の文面とともに、また彼女から注文があった。干物はみな一切れずつで、そのことが千沙子にはせつなく感じられた。「うちの干物をおいしいと思えるうちは、何があってもだいじょうぶ！」千沙子はわざとくだけた文面を書いたカードをしのばせて、注文の品を発送した。彼女はまたしても、カードのお礼をメールに書いてよこした。

自分が売っているのは魚だけではないのかもしれないと、千沙子は思うようになった。童話作家になりたかったのは、子どもの心に何か届けたかったからだ。でもひょっとしたら、かつて自分が届けたかった何かを、今私は、子どもも大人も関係なく、無数の人に向けて届けているのではないか。魚を売ることも、童話を書くことも、結局のところ、おんなじことなのではないか。私はかつて夢見たことを、別のかたちでやっているのではないだろうか。

そんなふうに思いはじめると、色あせて見えた毎日が、なんとなく楽しくなってきた。たとえば「夕飯何にする」という、何十回もくりかえしている決まり文句。夫と自分の答えがよく似ていることに気づいてからは、そう口にすることが面倒ではなくなってきた。

「毎日おんなじものを食ってるんだから、足りないものもおんなじなんだろ。足りないものを食べたくなるって言うじゃないか」と将孝はさほど興味もなさそうに言うが、それはなんだかすごいことではないかと最近の千沙子は思うのだ。本当に、呆れるくらい毎日、自分たちは同じものを食べている。この、ときにうんざりするようなくりかえしは、ひょっとしたらかつて自分たちのあいだにあった熱い気持ちの、変形したものなのかもしれない。かつて抱いた恋心も、愛情も、希望も、未来も、何ひとつ失わず、私たちは年を重ねているのではないか――そんなふうに千沙子は思うのだ。もちろんそれを、夫に言い含めたりはしないのだけれど。

白い湯気をたててごはんが炊きあがる。すし桶にあけ、甘めに作ったすし酢をまわしかけ、新聞紙であおぎながらざくざくと混ぜていく。甘く煮た椎茸、薄味にした蓮根、色を消さないように苦心した人参、ふっくらと煮たかんぴょうを混ぜこみ、ざくざくと混ぜる。絹さやを色好く茹でているあいだに、卵をボウルに入れ、薄焼き卵を焼く。店から「おーい」と声がかかり、「はーい」威勢よく答え、まな板に薄焼き卵を移して千沙子は店へと走り出る。

五目ちらし、菜の花とささみの和え物、蛤のお吸いものの夕食のあと、将孝が店じまいする音を聞きながら、千沙子はコンピュータを操作する。今日入った注文をプリントアウトする。注文票をよくよく見れば、数ヵ月ぶりに立花協子の名前がある。

鯵とかます、金目を各二枚ずつ。「お」ちいさく声を出し、千沙子はメールの送受信ボタンを押してみる。ホームページに届くメールのなかに、立花協子の名がちゃんとある。開いてみると、いつものように短い文面があらわれた。

魚久さんの干物をいっしょに食べられそうな人ができました。さっそく注文します！　とある。

「よっしゃ！」思わずりきんだ声を出してしまい、

「なんだ？」店じまいを終え部屋に入ってきた将孝が、怪訝な顔をして千沙子を見る。

「ううん、今日も売り上げがばっちりだなあと思ってさ。ね、ちょっとばかり、飲みませんか、ダンナさん」

千沙子は注文票を抱えたまま、片手で冷蔵庫を開け、自分と同じくらい年を重ねた夫に、笑いかけた。

ストーリーに登場するごはんの、

おいしいレシピ

肉だ、肉しかない。　オレガノの風味と、かすかな野性味が口に満ちる。　「何ができるの？　いつできるの？」　本当に
これだけであんなに複雑な味ができあがるものなのか。　小気味いい包丁の音が聞こえてくる。　たし
かに、トマトスープには黄と橙のパプリカやズッキーニが色鮮やかに浮かんでいる。　年に一度、誕生日くらいはと手作りしていた
あの料理。　大きな蒸し器で蒸す丸ごとのかぼちゃ。　土鍋のなかでは、白く鮮やかなごはんが湯気を
上げている。　炊きたてのごはんはほんのり甘く、漬けものもいつもより上等な味がする、ような気がした。　牛肉のサラダを口にいれ、
あとからくる辛さに思わず目をつぶり、その刺激を存分に味わう。　こうして食卓でできる旅だってある。　自分で作ればなんだって
いとしいし、おいしい。　「うんめー」思わず言った。　ぎゅるるるる、と腹が悲壮な音で鳴る。　踏みゃいい
んだ。こねりゃいいんだ。　テーブル代わりにしている段ボール箱に、松茸ごはんを山盛りに盛ったお茶碗を二つ並べる。　強いながら
品のあるにおいが、口から鼻に抜ける。　さくっと軽い歯ごたえ。　大成功である。　十五年かけて、
失敗知らずになったのだ。　豚肉のほのかな甘み、卵のとろとろ、ごぼうの歯ごたえ、三つ葉の香り、クレソンのほろ苦さ。　「おれ
はこんなにおいしいものを食べていたんだなあ」　まずいことはないが、しかし……。　ぱわっ
と上がる湯気のなか、餃子の白、青梗菜の緑、きくらげの黒が美しく浮かび上がる。　えっ、干物って作れんの？　ゆるやかな
風に魚はくるくるまわる。　しかし気がつけば、いつものように商店街を歩き、いつものように八百屋や魚屋の
店頭をのぞいている。　冷蔵庫にあるものを思い浮かべ家に向かう道を歩いていた。　ちらしにお浸しとくれば、蛤のお吸いものだ。
甘く煮た椎茸、薄味にした蓮根、色を消さないように苦心した人参、ふっくらと煮たかんぴょうを混ぜこみ、ざくざく混ぜる。

1回目のごはん①

オレガノの風味と、かすかな野性味が口に満ちる

ラム肉のハーブ焼き

材料（2人分）

ラムチョップ … 6本
（360～480g）
塩 … 小さじ½
こしょう … 少々
オリーブ油 … 大さじ2
オレガノ（乾燥）… 小さじ2
〈つけ合わせ〉
じゃがいも … 2個（300g）
揚げ油 … 適量
オレガノ（乾燥）… 少々
エンダイブ … ¼株（50g）

作り方

① ラムは外側の余分な脂を除きます。両面に塩、こしょうをもみこみ、オリーブ油を全体にまぶし、オレガノをふります。そのまま10分以上おきます。

② じゃがいもは皮をむき、拍子木切りにして水にさらしてから水気をよくふきます。中温（160℃）の油で、こんがり揚げて、塩とオレガノをふります。

③ オーブン皿に①をのせ、200～220℃のオーブンで、13～14分焼きます。

④ 皿に肉とじゃがいも、食べやすい大きさにちぎったエンダイブを盛ります

1回目のごはん②

豆のうま味がギュッと詰まった

そら豆のポタージュ

材料（2人分）

そら豆（生）… 正味150g
（さや付きだと約500g）
水 … 1ℓ
塩 … 大さじ1
牛乳 … 100〜150mℓ
塩 … 少々

作り方

① そら豆は皮に切れ目を入れます。鍋に1ℓの湯をわかし、塩大さじ1を入れて、そら豆を2〜3分ゆでます。ざるにとり、すぐに水につけます。さめたら皮をむきます。

② そら豆をミキサーに入れ、水カップ½（材料外）を加え、20秒かけてなめらかにします。

③ 鍋に②を入れ、牛乳を加えます。弱火で温めます。味をみて、塩を加えます。

1回目のごはん③

食べるときにワインビネガーとオリーブ油を適当にかけて…

野菜と生ハム、パルミジャーノのサラダ

材料（2人分）

サニーレタス … 50g
たまねぎ … 20g
セロリ … 20g
トマト（完熟）… 小1個
黒オリーブ（種なし）… 6個
生ハム … 30g
パルミジャーノ・レッジャーノ（かたまり）… 30g
白ワインビネガー … 適量
オリーブ油 … 適量

作り方

① サニーレタスは食べやすくちぎり、水に放してパリッとさせます。たまねぎは薄い輪切りにして、水にさらした後、水気をきります。
② セロリは筋をとり、薄切りにします。トマトはくし形に切ります。生ハムは3cm長さに切ります。
③ パルミジャーノは皮むき器で薄くけずります。
④ 器に①〜③と黒オリーブを盛り合わせ、食べる直前にワインビネガー、オリーブ油をかけます。

2回目のごはん

アルミホイルでかんたんに作れる

中華ちまき

材料（4人分）

もち米 … 米用カップ2（360mℓ・300g）
豚ばら肉（かたまり）… 100g
干ししいたけ … 3個
干しえび … 20g
にんじん … 50g
ごぼう … 50g
うずら卵（水煮）… 8個
ごま油 … 大さじ1
A
- 湯 … カップ1（200mℓ）
- 中華スープの素 … 小さじ1
- 砂糖 … 大さじ1
- しょうゆ … 大さじ2
- 酒 … 大さじ1
- 五香粉 … 小さじ⅓～½

アルミホイル … 約25×25cmを8枚

作り方

① もち米は洗って、たっぷりの水にひと晩（7～8時間以上）つけ、ざるにあげて水気をきります。干ししいたけと干しえびはそれぞれ水に20～30分つけてもどします。Aは合わせます。

② 豚肉、にんじん、しいたけ、ごぼうは、7～8mm角に切ります。ごぼうは水に放してアクを抜き、水気をきります。干しえびは半分に切ります。

③ 深型の大きめのフライパンに油を熱し、肉、野菜、干しえびの順に加えていためます。もち米を加え、弱火で3～4分、もち米に油がなじむまでいためます。

④ Aを加えて強火にし、沸騰したら中火にして、汁気がなくなるまでいためて、火を止めます。

⑤ ④を8等分して、アルミホイルにのせます。うずらの卵を中心に入れて包みます。表裏面にフォークや竹串で数か所穴をあけます（写真a. b. c）。

⑥ 蒸気の立った蒸し器に入れ、強火で約30分、蒸します。

五香粉（ウーシャンフェン）

中国の香辛料で、八角・丁香・花椒・陳皮・桂皮の５つを合わせたもの。

それぞれの香りが活きて、複雑な味をかもし出します。好みで、量は加減してください。

3回目のごはん

パパの自慢の料理は、
「野菜がたっぷり入っているからこれ一品で栄養バッチリ」

ミートボール入りトマトシチュー

材料（4人分）

【ミートボール】
合びき肉 … 250g
たまねぎ（みじん切り） … ¼個（50g）
セロリ（みじん切り） … 5cm（30g）
しいたけ（みじん切り） … 2個（30g）
ピーマン（みじん切り） … 1個（30g）
オリーブ油 … 大さじ2
A
パン粉 … 大さじ3
卵 … 1個
塩 … 小さじ½
こしょう … 少々
たまねぎ … ¼個（50g）
黄ピーマン … 大½個(70g)
橙ピーマン … 大½個(70g)
ズッキーニ（小） … 1本（130g）
オリーブ油 … 大さじ3
トマト水煮缶詰 … 1缶（400g）
水 … カップ2
固形スープの素 … 1個
タイム・オレガノ（乾燥） … 各小さじ½
塩・こしょう … 各少々

作り方

① ミートボールを作ります。フライパンに、オリーブ油大さじ1を熱し、みじん切りの野菜を入れて、しんなりするまでいためます。あら熱がとれたらボウルに入れ、肉を加えてよく混ぜ、Aを順に入れて、手でねばりが出るまで混ぜます。手にサラダ油（材料外）をつけながら16個のミートボールに丸めます。
② たまねぎはみじん切り、黄・橙ピーマンは2cm角に、ズッキーニは1cm厚さの半月に切ります。
③ 厚手の鍋にオリーブ油大さじ2を熱し、ミートボールを並べ、全面に焼き色がついたらとり出します。
④ オリーブ油大さじ1をたし、②を入れていためます。トマトを汁ごと入れて、実をつぶします。水とスープの素、ミートボールを加えて、中火で10分、ふたをして煮ます。
⑤ タイム、オレガノ、塩、こしょうを加えます。

4回目のごはん

幼い息子の晶が「かぼちゃのお宝料理だあ！」とはしゃいだ料理

かぼちゃの宝蒸し

材料（4人分）

かぼちゃ … 小1個（900g）
　小麦粉 … 小さじ½
とりひき肉 … 150g
豚ひき肉 … 150g
きくらげ（もどしたもの）
　… 4〜6枚
ねぎ … ½本
にんじん … 30g
グリンピース（冷凍）
　… 大さじ2（20g）

A
- 塩 … 小さじ½
- しょうが汁 … 小さじ1
- 卵 … 1個
- 酒 … 大さじ1
- しょうゆ … 大さじ½

〈黄金（こがね）色のあん〉
だし … カップ1½
うすくちしょうゆ … 大さじ½
みりん … 大さじ½
塩 … 小さじ¼
- かたくり粉 … 大さじ1
- 水 … 大さじ2

作り方

① かぼちゃは丸ごと、蒸気の立った蒸し器で5〜6分蒸します（電子レンジ・500Wの場合は2〜3分加熱）。上から3cmくらいのところを切りとります。種とわたをスプーンでとり出します。

② きくらげとねぎ、にんじんは、あらみじんに切ります。ボウルにとりひき肉と豚ひき肉を入れ、きくらげ、ねぎ、にんじん、グリンピース、Aを加えて、ねばりが出るまで手でよく混ぜます。

③ かぼちゃの内側に小麦粉をふり、②を詰めます。切りとったふたをのせて蒸気の立った蒸し器に入れ、強火で30〜40分蒸します（電子レンジの場合は、ラップで丸ごときっちり包み、10〜12分加熱します）。

④ 黄金色のあんを作ります。鍋に、水とかたくり粉以外の材料を入れて強火にかけます。煮立ったら、水ときかたくり粉でとろみをつけます。③にかけます。

5回目のごはん

田舎の母の愛が詰まった

ぬか漬け

材料
（20～30cmくらいの容器1個分）

〈ぬか床〉
ぬか*…1kg
塩…150～200g
こんぶ（10cm）…1枚
水…カップ7～8
赤とうがらし…1本
〈野菜〉
捨て漬け用のくず野菜…
キャベツやだいこんの葉
など適量
かぶ…1個
きゅうり…2本
なす…1本
にんじん…1本

*生ぬか、いりぬかのどちらを使っても。

作り方

● **ぬか床を作ります。**

① 分量の水に塩とこんぶを入れて沸騰させ、火を止めます。そのままさまします。

② 密閉容器に半量のぬかを入れ、①の水を加えて混ぜ、残りのぬかを少しずつ加えながら混ぜ合わせて、みそ程度のかたさにします。

③ ①のこんぶと、赤とうがらしを入れます。

● **捨て漬けをします。**

④ ぬか床をなじませるため、くず野菜を漬け、翌日とり出して、ぬか床を底からかき混ぜます。新しいくず野菜を入れます。これを4～5日、くり返します。室温でなるべく涼しい場所に置きます。

● **本漬けをします。**

⑤ 野菜はよく洗って、水気をきります。にんじんとかぶは、皮をむいて縦半分に切ります。なすは余分ながくを切り落とし、きゅうりはへたを切り落とします。なすときゅうりは、塩少々（材料外）をすりこみます（色どめのため）。

⑥ 野菜を重ならないように、ぬか床に押しこみます。ぬかをかぶせ、表面を平らにならして容器の内側についたぬかをふきます。ふたをして、ひと晩（7～8時間）漬けます。夏は冷蔵庫に入れます。

※ ぬか床は、野菜をとり出すたび、漬けるたびに底のほうからかき混ぜます。漬けない場合も、1日に1回は全体を混ぜるように。混ぜないと、漬けた野菜がすっぱくなったり、カビ、いやなにおいの原因になります。ぬか漬けには、「継続した愛」が必要です。

6回目のごはん①

タイ風焼きそば

食材がない場合は、日本のもので代用して作れます

材料（4人分）

ゴイティオ・センヤイ（太麺）…150g
豚ばら肉（薄切り）…80g
干しえび…20g
A
- 水…カップ¼
- にんにく（みじん切り）…1片
- 赤小たまねぎ（みじん切り）…10g
- 赤とうがらし（小口切り）…1本

サラダ油…大さじ2
にら…60g
もやし…150g
卵…2個
B
- チリ・イン・オイル…大さじ1
- ナンプラー…大さじ1
- しょうが汁…小さじ1
- タマリンド10gを熱湯50mℓでゆるめて、こした汁…大さじ3
- 砂糖…大さじ½

ピーナッツ（あらみじん）…20g

作り方

① ゴイティオ・センヤイは、表示にしたがってゆで、水気をきって、サラダ油少々（材料外）をまぶしておきます。
② 豚肉は1cm幅に切ります。干しえびは水で30分ほどもどし、あらく切ります。もどし汁はとっておきます。卵はときほぐしておきます。Bは合わせます。
③ にらは5cm長さに切り、もやしはひげ根と芽をとります。
④ 鍋に油とAを入れ、弱火で香りが出るまでいためます。豚肉を加えていため、肉の色が変わったら干しえびを入れていためます。えびのもどし汁、B、①を加えていためます。
⑤ 汁気がなくなったら、麺を片方に寄せてとき卵を入れて軽く混ぜ、火を止める直前に③を入れて混ぜます。ピーナッツを散らします。

赤小たまねぎ
直径2〜3cmの赤い皮のエシャロットで、「レッドプチオニオン」の名前で売られています。火を通してもたまねぎのように甘くなく、こくが出ます。
※ない場合はたまねぎで。

ゴイティオ・センヤイ
お米から作られた幅広の麺。5mmほどの麺はゴイティオ・センレック、極細はゴイティオ・センミーです。
※ない場合は、ビーフンを使います。

タマリンド

マメ科の植物で、マーカムの果実。酸っぱいものと甘いものの2種類があり、料理に使うのは酸っぱいほう。少量を湯にもみ出してしぼった汁を使用します。
※ない場合は、梅干しを水につけてつぶしたその汁を使います。

チリ・イン・オイル

にんにく、干しえび、とうがらし、赤たまねぎなどをたっぷりの油でいため、ペースト状にしたもの。トムヤムクンには必ず使う。
※ない場合は、XO醬、豆板醬、ナンプラーをそれぞれ少量で。

6回目のごはん②

タイ風さつまあげ

甘辛ソースの代わりに、市販のチリソースでもOK

材料（4人分）

さわらの切り身*
…4〜5切れ
（骨なしで正味200g）
えび（中・無頭）…10尾
（殻を除いて正味100g）
やりいか（小）**…2はい
（皮・内蔵除いて正味100g）
さやいんげん（小口切り）
…4〜5本
にら（小口切り）
…4〜5本

A
- チリパウダー…小さじ1
- ナンプラー…大さじ1
- 砂糖…少々
- ベーキングパウダー…小さじ½
- 卵…1個

揚げ油…適量

〈甘辛ソース〉

水…大さじ1
赤とうがらし（生）…1本
砂糖…大さじ1
ナンプラー…大さじ1
酢…大さじ2

B
- ピーナッツ（あらみじん）…20粒
- きゅうり（半月切り）…½本

*白身魚ならなんでも
**するめいかでもOK

作り方

① さわらは皮と骨をとり、えびは背わたをとって殻をむき、いかは内蔵を抜いて皮をむきます。すべてをクッキングカッターにかけて2〜3分、ねばりが出るまで混ぜます。ボウルに移します。

② ①にいんげん、にら、Aを加え、ねばりが出るまでよく混ぜます。8等分します。

③ 手を水でぬらしながら、②を丸め、8個の平らな小判形に作ります。

④ 甘辛ソースを作ります。B以外の材料を鍋に入れ、砂糖が溶けるまで弱火にかけます。さめたらBを加えます。

⑤ 揚げ油を低温（150℃）に熱し、③を入れて6〜7分、全体によく色がつくまで揚げます。

⑥ 皿に盛り、④のソースを添えます。

6回目のごはん ③

かんたんなわりに、びっくりするほどおいしい

はるさめサラダ

材料（4人分）

はるさめ（乾燥）… 50g
豚もも肉（薄切り）… 80g
えび（中・無頭）… 8尾
紫たまねぎ … ½個（60g）
セロリ … 30g
にんじん … 30g
干しえび … 30g
A
- ナンプラー … 大さじ2
- レモン汁 … 大さじ2
- 酢 … 大さじ1
- 砂糖 … 小さじ1
- 赤とうがらし … 2本
- にんにく（すりおろす）… ½片（5g）

揚げ油 … 適量
〈飾り〉
トマト（小）… 1個
パクチー … 適宜

作り方

① はるさめは4～5分ゆでて、5cm長さに切ります。たまねぎは薄切り、セロリは筋をとって斜め薄切り、にんじんはせん切りにします。

② えびは殻をむき、背に切りこみを入れて背わたをとります。豚肉は3cm長さに切って、熱湯でゆでてとり出します。同じ湯でえびを、色が変わるまでゆでて、水気をきります。干しえびは中温（160℃）の油で20～30秒、揚げます。

③ Aの材料を合わせて、よく混ぜます。

④ ①②を合わせて混ぜ、③であえます。

6回目のごはん④

パクチーの根が隠し味に

タイ風オムレツ

材料（2人分）

卵 … 2個

A（水大さじ1　塩少々）

豚ひき肉 … 50g

じゃがいも … ½個（100g）

たまねぎ … ¼個（50g）

にんにく … ½片（5g）

パクチーの根 … 1本

サラダ油 … 大さじ1½

B
- シーイウ・カウ … 大さじ½
- シーズニングソース … 小さじ½
- トマトケチャップ … 大さじ1
- 砂糖 … 少々
- こしょう … 少々

トマトケチャップ、チリソース … 適量

〈飾り〉

にんじん、パクチー … 適量

作り方

① たまねぎ、にんにく、パクチーの根はそれぞれみじん切りにします。じゃがいもは1cm角に切り、かためにゆでます。

② 卵をといて、Aを加えてよく混ぜます。

③ Bの材料を合わせます。

④ フライパンにサラダ油大さじ½を熱し、にんにくとパクチーの根を弱火でいためます。香りが出たら、ひき肉とたまねぎを加えていため、肉の色が変わったら、じゃがいもを入れてさらにいためます。Bを加えてよく混ぜたら、皿にとり出します。

⑤ フライパンに油大さじ1を熱し、②を流し入れて全体に広げます。中火にしてこがさないように焼き、半熟状になったら、真ん中に④をのせ、四角に折りたたむように包みます。

⑥ 皿にひっくり返してのせ、ケチャップやチリソースをかけます。

6回目のごはん⑤

ビールのつまみにぴったり！

春巻きスティック

材料（4人分）

ライスペーパー
（直径16cm）… 8枚
むきえび … 100g
たまねぎ … ½個（100g）
卵 … 1個
サラダ油 … 大さじ1
A
ナンプラー … 小さじ1
塩 … 少々
こしょう … 少々
揚げ油 … 適量
〈甘辛だれ〉
ナンプラー … 大さじ1
ライムの汁* … 大さじ½
砂糖 … 大さじ1
赤・青とうがらし
（みじん切り）… 各¼本
水 … 大さじ2
〈飾り〉
サニーレタス、にんじん、
ねぎ … 適宜

*レモン汁でもOK

作り方

① たまねぎはみじん切り、むきえびは、あらみじんに切ります。卵はときほぐします。

② フライパンに油を熱し、むきえび、たまねぎを入れていためます。えびの色が変わって火が通ったら、卵を入れ、Aを加えて混ぜながらよくいためます。とり出して、さましておきます。

③ ライスペーパーを水にくぐらせ、かたくしぼったふきんに広げます。②を包み、細く巻きます。

④ 油を中温（160℃）に熱し、③を入れ、返しながらカラッと揚げます。皿に盛り、レタスや飾り切りの野菜を飾ります。

⑤ 甘辛だれの材料を合わせて、添えます。

**シーイウ・カーウ（左）&
シーズニングソース（右）**

どちらも大豆から作られる調味料。シーイウ・カーウはさらっとした風味が特徴で、シーズニングソースは独特のうまみとこくを出せる。

*なければ、どちらも薄口しょうゆを使う。

7回目のごはん

兄妹が一緒に、生地から作る

ピザ

〈ピザ生地〉

材料(直径22cm2枚分)

強力粉 … 100g

薄力粉 … 100g

A
- ドライイースト … 小さじ1(3g)
- 砂糖 … 小さじ1
- 塩 … 小さじ½

ぬるま湯(38〜40℃) … 110mℓ

オリーブ油 … 大さじ1

打ち粉(強力粉) … 適量

〈トッピング〉

オリーブ油 … 大さじ1

トマトソース* … 適量

モッツァレラチーズ … 30g

ゴーダチーズ … 30g

ゴルゴンゾーラチーズ … 30g

バジルの葉 … 6枚

*〈トマトソース〉

材料(ピザ2枚分)

トマト水煮缶詰 … ⅓缶(130g)

にんにく(薄切り) … 1片(10g)

バジルの葉 … 10枚

オリーブ油 … 大さじ1

塩・こしょう … 各少々

作り方

① 粉を合わせてボウルにふるい入れ、Aを加えて混ぜます。ぬるま湯を加えてなめらかになるまで5分くらいこねます。オリーブ油大さじ1を加えてよくこねます。

② 表面がなめらかになったらまとめて、ラップをかぶせ、ボウルごと暖かい場所(約26℃)に約30分おいて発酵させます。

③ 約2倍にふくらんだら、生地を手で押してガスを抜き、2等分にして丸めます。再びラップをして10〜15分おきます。

④ 打ち粉をふり、生地1つを直径約20cmに薄くのばします。

⑤ ピザ生地にオリーブ油とトマトソースを塗り、チーズ三種をのせます。

⑥ 250℃のオーブンで7〜8分、チーズが溶けるまで焼きます。バジルの葉をのせます。

トマトソースの作り方

① フライパンにオリーブ油を入れ、にんにくを弱火でいため、色づいたらとり出します。

② トマトを汁ごと加えてつぶし、2〜3分煮ます。塩、こしょうで調味し、バジルをみじん切りにして加え、火を止めます。

8回目のごはん①

受験生のストレス解消法としても、有効？

手打ちうどん

材料（3～4人分・約400g）

うどん用小麦粉（中力粉）… 300g
水 … カップ¾（150mℓ）
塩 … 大さじ1
打ち粉* … 30g

*うどん用小麦粉またはかたくり粉

作り方

● 混ぜて、こねる

① 粉は1回ふるいます。水に塩を入れ、溶かしておきます。水分が少ないほうがコシが出るので、塩水は大さじ1とりおいておきます。

② 粉を平均にならし、塩水を、なるべく均等に回し入れます。

③ 指を立てて、手で大きなものをつかむような形にして、混ぜ合わせ、全体に塩水をいきわたらせます。

④ 指でかき上げ、粉を持ち上げるようにして、ザッザッとまんべんなく混ぜます。

⑤ 時々、粉を多めにとって両手のひらですり合わせ、粉と塩水をなじませます。ポロポロしたつぶから、コロコロとしたかたまりになってきます。

⑥ 固まりどうしをくっつけるようにして、ひとつにまとめます。写真のように多少バラバラしていてもかまいません。

⑦ 厚手のポリ袋に入れ、なるべく空気を抜きます。足裏全体で、くるくると回りながら均等に足で踏みます。

⑧ 広がったら、生地をポリ袋から出して、三つ折りにしてもどし、また踏みます。2回ほどくり返し、全体で5分くらい、足で踏みます。

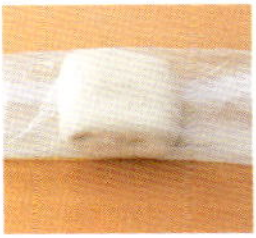

⑨ 再び三つ折りにしてポリ袋にもどします。常温でそのまま約30分ねかせます。もう一度軽く、2周くらい踏んでからのばし始めます。

● のばして、切る

⑩ こね板の上に打ち粉を軽くふり、生地をのせます。生地の上にも打ち粉をふり、めん棒で中心から外へ向かってのばします。なるべく正方形になるよう、90度ずつ生地を回転させながら30cm角くらいまでのばします。※生地の端が薄くなるのを防ぐため、めん棒は生地から落とさないように端の手前で止めます。

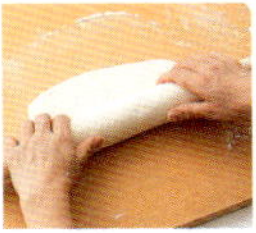

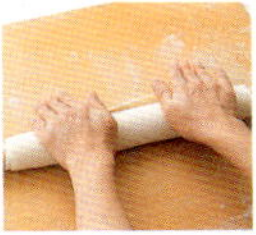

⑪ 生地に打ち粉を軽くふり、めん棒に巻きつけていきます。巻いたまま、手前にすり寄せるように引きます。両手で生地を左右に広げるようにしてこね板に押しつけながら、生地を巻いた状態で前方へころがします。端までいったら巻きつけたまままめん棒ごと引きもどします。この、ころがして引きもどす動作を5～6回繰り返します。

⑫ めん棒が縦になるように置き、⑪と同じようにに巻きつけたまままころがしてのばします。あと2回同じようにして4方向にのばし、約3mm厚さ、40cm角をめやすにのばします。

⑬ まな板に打ち粉をふります。生地にも打ち粉をふり、生地の向こう端をめん棒に巻いて持ち上げ、びょうぶだたみにしながらまな板に移します。

⑭ 包丁で3～4mm幅に切ります。約10cm切るごとに、切ったものの輪の部分を持ち上げて余分な粉をふりはらい、トレーに並べていきます。

8回目のごはん ②

いりこ風味のだしでさっぱりと

かけうどん

材料（2人分）

手打ちうどん … 200g
〈だし〉
水 … カップ3（600㎖）
煮干し … 10g
（10～12尾）
こんぶ … 3g
けずりかつお … 3g
酒 … 大さじ1
みりん … 大さじ1
しょうゆ … 大さじ1
塩 … 小さじ
〈薬味〉
万能ねぎ（小口切り）
… 3本
いりごま（白）… 小さじ1

作り方

① だしをとります。煮干しは頭と腹わたをとり、身を2つに裂きます。鍋に分量の水、煮干しとこんぶを30分以上つけます。弱めの中火にかけ、沸騰直前にこんぶをとり出します。沸騰したら弱火にし、アクをとりながら2～3分煮ます。けずりかつおを加え、再び沸騰したら火を止め、1～2分おいてこします。

② 鍋にだしと調味料を入れ、温めます。

③ うどんをたっぷりのお湯で5～6分ゆで、水で洗って熱湯で温めます。器に入れ、②のつゆをそそぎ、薬味をのせます。

9回目のごはん

なけなしのお金すべてを使った、
最後の晩餐？

松茸ごはん

材料（4人分）

松茸 … 3本
（100 ～ 150g）

米 … 米用カップ2
（360㎖・300g）

A
だし … 360㎖
酒 … 大さじ2
塩 … 小さじ⅔
うすくちしょうゆ … 小さじ1

作り方

① 米はとぎ、たっぷりの水につけて30分以上おきます。

② 松茸は土がついていたら、ふきんなどでふきとり、石づきのかたい部分をけずりとります。長いものは長さを半分にして、5mm厚さくらいに切ります。

③ 米をざるにあげ、水気をきります。炊飯器にAと一緒に入れ、まつたけをざっと混ぜてふつうに炊きます。

10回目のごはん

クリスマス、
せつない恋心と一緒に届ける

スノーパフ

材料（約20個分）

バター … 80g
粉糖 … 30g
バニラオイル … 3滴
小麦粉（薄力粉）… 100g
くるみ … 40g
〈仕上げ用〉
粉糖 … 大さじ2（16g）

作り方

① バターは室温でやわらかくします（5mm厚さくらいに切ってボウルに入れておくとやわらかくなりやすく、すぐ作業にとりかかれます）。小麦粉はふるいます。オーブン皿にオーブンシートを敷きます。

② くるみは、150℃のオーブンで5～6分焼き（あるいはフライパンで、から焼き）、あらくきざみます。

③ ボウルのバターを、泡立て器またはハンドミキサーでクリーム状にします。粉糖を入れて、全体が白っぽくなるまですり混ぜ、空気を充分含ませます。

④ バニラオイルを加え混ぜます。ゴムべらにかえて、粉を加え、粉気がなくなるまで、切るように混ぜます。くるみを混ぜます。さわってみて、生地がべとつくようなら、少し冷やしてかたくします。

⑤ 生地を直径2cm強のボール状に丸めて、オーブン皿に並べます。

⑥ 140～160℃のオーブンで約20分焼きます。焼き色がつきそうなら、アルミホイルをかぶせます。焼きあがりはクッキーの裏を見て、薄い焼き色がついていれば網にとります。さめればサクッとかたくなってきます。

⑦ 完全にさめてから、粉糖を茶こしでふります。

11回目のごはん

亡くなった妻の思い出の味

豚柳川

材料（2人分）

豚ばら肉（薄切り）… 120g
ごぼう* … ½本（80g）
みつば … ½束
クレソン … ½束
だし … カップ1
A
砂糖 … 大さじ1
酒 … 大さじ1
しょうゆ … 大さじ1
みりん … 大さじ1
卵 … 2個本

*新ごぼうがあれば、それを使うともっとおいしい！

作り方

① 豚肉は3cm幅に切ります。ごぼうは皮を包丁の背でこそげ、ささがきにして水に放します。みつばとクレソンは洗い、みつばは食べやすく切ります。
② 浅めで底の平らな鍋またはフライパンに豚肉を広げながら敷き、ごぼうをのせます。だしをそそぎ、Aを加えて火にかけます。ふたを少しずらしてのせます。沸騰したらアクをとり、中火にして2～3分煮ます。その間に、卵をといておきます。
③ ふたをとり、みつばを入れ、クレソンも手でちぎってのせます。とき卵を全体をおおうように回し入れ、ふたをします。半熟状態になったら、火を止めます。

12回目のごはん①

意外なおいしさ！

餃子鍋

材料（2人分）

手作り餃子 … 12個
（↑作り方はP.192）
チンゲンサイ … 2〜3株
もやし … 1袋（150g）
はるさめ … 40〜50g
きくらげ … 5g
ゆでたけのこ … 100g
A
中華スープの素 … 大さじ2
水 … カップ5
酒 … 大さじ2
塩 … 小さじ½
こしょう … 少々
〈たれ〉
しょうゆ … 大さじ2
ラー油 … 少々
豆板醤 … 少々
酢 … 大さじ1

作り方

① チンゲンサイは長さを半分に切り、軸は6〜8つ割りにします。きくらげは水でもどします。もやしはひげ根をとります。たけのこは、5mm厚さに切ります。
② 土鍋にAを入れて火にかけます。煮立ったら、チンゲンサイの軸、もやし、はるさめ（もどさなくてOK）、きくらげ、たけのこを入れます。
③ 再び煮立ってきたら、餃子、チンゲンサイの葉を入れます。
④ 餃子は、好みでたれをつけてどうぞ。

12回目のごはん②

フードプロセッサーで皮を作る

手作り餃子

皮の作り方

① フードプロセッサーに強力粉と薄力粉を入れ、5〜6秒、ガーッ・ガーッとかけます。

② 上部の穴から分量の水を少しずつ入れながら、スイッチを入れては止め、ようすを見ながら、かき混ぜます。粉気がなくなり、ひとかたまりになって、生地が器につかなくなったらできあがりです。

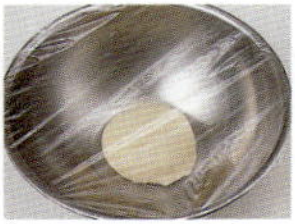

③ 器からボウルに出し、手でひとつにまとめ、ボウルにラップをして30分〜1時間おきます。

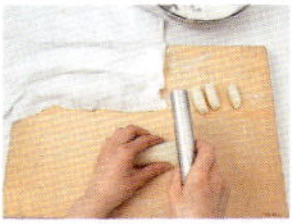

④ 板に打ち粉をふり、生地をスケッパー（なければ包丁でも）で3等分にします。それぞれ直径2cmの棒状にし、8等分します。乾燥しないように、ぬれぶきんをかぶせます。

⑤ 板に再び打ち粉をふり、切り口を上にして置きます。手のひらで押しつぶすようにして、広げます。

⑥ めん棒を中央から端へところがして生地をのばし、直径7〜8cmの円にします。できたものは多めに打ち粉をしてから重ね、乾燥しないようにぬれぶきんをかぶせます。

材料（24個分）

〈皮〉

強力粉 … 100g

薄力粉 … 100g

水 … カップ½

打ち粉（強力粉）… 適量

〈ぎょうざの具〉

豚ひき肉 … 150g

干ししいたけ … 2個

はくさい … 100g

にら … 30g

しょうが … 1かけ（10g）

A
- 酒・しょうゆ・ごま油 … 各小さじ2
- 塩 … 小さじ⅓
- こしょう … 少々

餃子の具の作り方

① 干ししいたけは水でもどします。はくさいはさっとゆでて、水気をしぼります。しょうがはすりおろして、汁をしぼります。

② しいたけ、はくさい、にらをみじん切りにします（フードプロセッサーでやるとらく）。

③ ボウルに肉、しょうがのしぼり汁とA、②を入れ、手でよく混ぜます。トレーに入れて、24等分します。

＊ 餃子の皮の真ん中に具をのせ、合わせ目の一方に水を塗り、もう一方にひだをとりながらとじ合わせます。

＊ できあがった餃子は、スープに入れて煮ます。

13回目のごはん

昔、母も作っていたらしい

あじといかの一夜干し

材料（2人分）

あじ … 中2尾（360g）
いか … 中2はい（600g）
〈調味液・基本分量〉
水 … カップ2
塩 … 大さじ1
酒 … 大さじ2
みりん … 小さじ1

※ 調味液は、上記の割合を基準に、魚介がひたるくらいの量を用意します。

作り方

① 【あじの下ごしらえ】あじは、胸びれの下に小さく切り目を入れ、口先まで切り開くようにします（写真左下）。

② 内臓とえらをとり除き、流水で骨についた血もこすり落とします。切り目から包丁を入れ、中骨にそうように切り開きます。開いた側から、頭の中心のかたい骨に包丁を当て、上から押すようにして開きます。

③ 【いかの下ごしらえ】足と内臓を抜きます。胴は軟骨をはずして切り開き、皮をむきます。足は目の下で切り、輪を開き、できれば皮をむきます。

④ 【一夜干しの作り方】バットに、あじといかがひたるくらいの調味液を作り、それぞれの水気をふいてつけ、時々返しながら約30分そのままおきます。

⑤ 水気をふいて洗濯ばさみではさんでつるします。風通しのよい日かげに8～12時間干します。猫などが心配なら、夜の間は室内にとりこみます。

※ 市販の脱水シートを使えば、外に干さなくても、かんたんにできます。④で調味液につけて30分後、市販の脱水シートで魚をはさんで冷蔵庫に入れ、約5時間おきます。

14回目のごはん ①

低カロリーのたら、低脂肪牛乳で、
カロリーはふつうのグラタンの約半分

たらとほうれんそうのグラタン

材料（2人分）

たら（生）
　　… 大1切れ（120g）
酒 … 小さじ1
ほうれんそう … 150g
バター … 5g
塩・こしょう … 各少々
A ┌ バター … 10g
　│ 小麦粉 … 大さじ1
　│ 低脂肪牛乳 … 150mℓ
　│ スープの素 … 小さじ½
　└ 塩・こしょう … 各少々

作り方

① たらは、ひと口大のそぎ切りにして、酒をかけます。ほうれんそうは色よくゆでて水気をしぼり、3cm長さに切ります。
② フライパンにバター5gを溶かしてほうれんそうをいため、塩、こしょうをふってとり出します。続いて、たらを入れて両面を焼きます。
③ Aでホワイトソースを作ります。鍋にバターを溶かし、小麦粉を中〜弱火で2〜3分、よくいためます。火を止めて牛乳とスープの素を加え、よく混ぜます。再び火にかけ、木べらで混ぜながら、とろみが出るまで煮て、塩、こしょうを加えます。
④ 耐熱容器にたら、ほうれんそうを入れ、ホワイトソースをかけます。オーブントースターで表面が色づくまで焼きます。

14回目のごはん②

低カロリーのきのこでボリュームを出し、ひき肉の脂でいためる

きのこマーボー

材料（2人分）

もめんどうふ … 小1丁（200g）
豚ひき肉 … 50g

A
- にんにく（みじん切り） … ½片（5g）
- しょうが（みじん切り） … 小1かけ（5g）
- ねぎ（みじん切り）… 2cm

しいたけ … 2個
えのきたけ … 1袋（100g）
しめじ … 70g

B
- 豆板醬 … 小さじ½ 〜 ¼
- 甜麵醬 … 大さじ1
- しょうゆ … 大さじ½
- 砂糖 … 小さじ½
- 水 … 150mℓ
- 中華スープの素 … 小さじ1

C
- かたくり粉 … 大さじ½
- 水 … 大さじ1

作り方

① きのこ類は石づきをとり、しいたけは薄切り、えのきは半分に切り、しめじはほぐします。
② とうふは1cm角に切り、熱湯でさっとゆでてざるにとります。
③ B、Cはそれぞれ合わせておきます。
④ フッ素樹脂加工のフライパンにひき肉を入れて火をつけ、ほぐしながらいためます。肉の脂が出てきたらAを加えていため、香りが出たら①を入れていためます。
⑤ Bを加え、きのこがしんなりしたらとうふを加えてさっといためます。Cをもう一度混ぜて加えてとろみをつけます。

14回目のごはん③

ほたて缶のうま味で、塩は少しですみます

春菊とほたてのスープ

材料（2人分）

春菊 … 40g
ほたて水煮缶詰 … 小1缶（60g）
A 塩 … 小さじ1/8
A こしょう … 少々
A しょうゆ … 少々
しょうが汁 … 小さじ1/2
水 … 300ml

作り方

① 春菊は2〜3cm長さに切り、茎と葉に分けます。

② 鍋に水300mlと、ほたてをあらくほぐして汁ごと入れ、火にかけます。沸騰したら、Aを入れ、春菊の茎を入れて1分煮ます。葉を加えてさっと煮、しょうが汁を加えて火を止めます。

最後のごはん ①

それぞれの具を下ごしらえして作る

五目ちらし

作り方

① 米はといで水気をきり、炊飯器に入れます。分量の水とこんぶを入れ、30分以上つけておきます。酒を加えて炊きます。

② 【かんぴょうとしいたけの甘煮】かんぴょうは水でぬらし、塩をふってもんでから洗います。たっぷりの水に入れ、火にかけます。落としぶたと鍋のふたをしてやわらかくなるまで中火でゆでます。水気をきり、5mm幅にきざみます。しいたけは水でもどし、軸をとり、細切りにします。鍋にBを合わせ、しいたけとかんぴょうを入れて火にかけます。煮立ったら中火にし、落としぶたをして煮汁がなくなるまで煮ます。

③ 【にんじんの甘煮】にんじんは3cm長さのせん切りにし、Cでやわらかくなるまで煮ます。汁気をきります。

④ 【れんこんの甘酢煮】れんこんは薄いいちょう切りにして、酢水(水カップ1＋酢小さじ1)につけ、水気をきります。Dを煮立てた中に入れ、すき通るまで煮ます。ボウルにあけ、そのまま味を含ませてから、汁気をきります。

⑤ 【飾る具】さやえんどうは筋をとって熱湯でさっとゆで、斜め細切りにします。卵はときほぐし、砂糖と塩を加えてこします。卵焼き器やフライパンに油を薄く引き、薄焼き卵を4～5枚焼きます。細く切ります。のりも同じ細さに切ります。

⑥ 【すしめし】Aを合わせてすし酢を作ります。酢少々をふきんにつけ、すし桶をふいてしめらせます。①のごはんが炊けたら、こんぶをとって、すし桶にあけます。すし酢をもう1度よく混ぜ、しゃもじに受けながら、ごはん全体に一気にまわしかけ、しゃもじで切るように混ぜます。うちわであおいでつやを出します。

⑦ ⑥が人肌にさめたら、混ぜる具②、③、④を加えて底のほうから大きく混ぜます。

⑧ 器に盛り、⑤を飾ります。

材料（4～5人分）

〈すしめし〉

米 … 米用カップ3（540㎖・450g）

水 … 米用カップ3（540㎖）

こんぶ … 8×5cm

酒 … 大さじ2

A
- 酢 … 大さじ5
- 砂糖 … 大さじ3
- 塩 … 小さじ1

〈混ぜる具〉

かんぴょう … 10g

塩 … 小さじ½

干ししいたけ … 5個（20g）

B
- だし … カップ1
- 砂糖 … 大さじ2
- しょうゆ … 大さじ1½
- 塩 … 少々

にんじん … 50g

C
- だし … 50㎖
- みりん … 小さじ1
- 塩 … 少々

れんこん … 100g

D
- だし … 60㎖
- 砂糖 … 大さじ1
- 酢 … 大さじ2
- 塩 … 小さじ¼

〈飾る具〉

さやえんどう … 20g

卵 … 3個

　砂糖 … 大さじ1

　塩 … 少々

サラダ油 … 大さじ½

焼きのり … 3枚

最後のごはん ②

こんぶだしで、蛤のうま味を生かします

蛤のお吸いもの

作り方（2人分）

① 蛤4個は塩水（水カップ1に塩小さじ1の割合）につけ、暗い所に30分以上おきます。

② 鍋に水カップ2とこんぶ5cmを入れ、30分以上おきます。蛤は殻を洗い、鍋に入れて火にかけます。

③ 沸騰直前にこんぶをとり出し、蛤の口が開いたら火を止めます。あくをとります。蛤をとりだし、椀に入れます。

④ ③の汁に塩小さじ⅓、酒大さじ½を入れて温め、椀にそそぎます。

最後のごはん ③

ぴりっと辛味の効いた春らしい一品

菜の花とささみのからしあえ

作り方

① 菜の花100gは、たっぷりの熱湯でゆで、水にとって水気をしぼります。しょうゆ小さじ½をかけ、軽くしぼります。

② とりのささみ1本（50g）に水と酒各大さじ1をかけ、塩少々をふります。ラップをして電子レンジで約1分30秒（500W）加熱します。筋を除いて、手でさきます。

③ 練りがらし小さじ½、しょうゆ大さじ1、だし大さじ½を合わせ、①と②を入れてあえます。

あとがきにかえて　今日のごはん、何にする？

おふくろの味、というものを私は信じていない。結婚・出産後も働く女性が増えた現在では、その言葉に苦しめられているおかあさんがずいぶん増えたのではないかと思う。「きょうも料理」（山尾美香 著・原書房）という本を読んでみると、その言葉が、戦後のスローガンの一種というか、要するに啓蒙的に作られた言葉だということがわかる。つまり、長く伝統を持った概念では、決してないのである。

料理なんて得意な人が作ればいい、と私はずっと思っている。おやじの味でも、おふくろの味でも、ねえさんにいさんの味でもかまわないではないか。だいじなのは、作る、ではなくて、あくまでも、食べる、ということのはずである。

しかしながら、私の育った家でも、多くの家庭と同じように料理の作り手は母親だった。作れる人が、母しかいなかったという単純な理由。台所は母親の聖域で、しかもその母がたいそうな潔癖性であったから、ほかの家族構成員はめったに台所に入れてもらえなかった（父はトイレから手を洗わずに出てくることがままあったため、私は外で遊んで土だの草だのを洋服のそこここにつけていたから）。私たちは食卓に座り、台所から料理が運ばれてくるのをただ待っていればよかったのである。だから、私は料理ができる過程というものを見ずに育った。座っていればレストランのごとく料理が並ぶ。私のすべきことは、いただきますと箸を持つだけ。その料理がどのようにしてできあがるかを、考えたこともなかった。ただ漠然と、料理の素のようなものがあるんだろうと思っていた。

この本の最後の章で魚屋さんを書いたが、私の母も商店を営んでいた。菓子やパンを売る店で、店と台所が一枚のドアでつながっていた。父親はサラリーマンだったので、店には母ひとりである。母が忙しいのは子どもながらに理解していた。だから「料理の素があるのだろう」と考えたのである。お客さんの切れ目を見計らって、ぱぱっと料理の素をふりかけて、おかずが魔法のようにできあがり、母はまた接客へと戻る。ほかのおうちはどうだか知らないけれど、忙しい母に、料理をする時間なんかなかろうと考えたのだった。

どうやら「料理の素」というのは存在しないらしい。いや、正確にいえば「麻婆豆腐の素」だとか「ちらし寿司の素」なるものは存在するが、母はそうしたものも用いていなかったらしい。私がそう知るのは、なんと高校を卒業してしばらくたったころである。二十年近く、私は台所で何が行われているか知らず、また想像することもなかったのだった。

ではなぜ、二十年近くのちに母の台所事情を知ったのか。このころ、店をやめて時間のできた母は、いきなり料理教室に通いはじめた。ちなみにその料理教室とは、この小説を連載させていただいたベターホームの横浜校なのだが、それはさておき、「なんで今さら料理教室なのさ」と訊く私に、今までずっと、なんでもかんでも自己流でやってきたから、基礎から勉強したくなったのだと、母は答えた。

「つまり、素を使わない料理を覚えようってこと？」と訊くと、母はぽかんとして私を見て、そうして眉間に深くしわを寄せた。「素ってなんのこと？」と訊き返された。つまりあれだよ、おかあさんがずっと使っていた……というような説明をすると、母は眉間のしわをもっと深くし、「まっ、失敬な！」と憤慨した。「ずっと、ずーっと、お弁当も朝ごはんも夜ごはんも、全部一から自分で作ってたっていうのに、知らなかったなんて！」と、言うのである。

小学校から私はお弁当だった。朝起きると、食卓に色鮮やかなお弁当が置いてあった。高校を卒業するまで、ずっと。しかも私は、朝が食欲のピークという妙な体質で、朝食として出されるのはカツカレーだのドリアだの、ピザトーストとフレンチトーストのセットだの、夕食並みにがつんとしたものばかりである。夕食は必ず、酒を飲む父の突き出しからはじまった。お弁当、夕食並みの朝食、晩酌用のおつまみ、そして夕食。毎日くりかえされるそれらに「素」がいっさいないということが、どういうことだか、しかし私が深く知るのはさらにずっとあとのことになる。

それはさておき、料理教室に通いだした母の料理は、みるみるうちに変化した。色合いが鮮やかになり、素材の味がくっきりとし、おいしいのは昔からだったが、それに加えてなんとなくあか抜けた。

凝り性の母は、基礎コースを終えると、おせち料理だのパンだのお菓子だののコースに次々と申しこんでは、毎日のように教わった料理を復習した。たいへんだったのは実家で暮らしていた二十歳前の私である。家に帰ると、冷蔵庫に、戸棚に、食卓に、それは美しく仕上がった試作品がある。おいしいといえば同じものを翌日も作るし、イマイチと言えばそれもまた翌日に再チャレンジする。冷蔵庫を開けたら、売りものにも劣らないスワン型シュークリームが、皿にずらりと並んでいたときは度肝を抜かれた。ここまでやるか、と心底思ったものである。

大学の授業を終え、友人と夕食をとって十時過ぎに帰宅しても、母の試作品は見目麗しく私を待っている。誘惑に勝てず食べてしまう。「明日からはダイエットをしよう」と、年ごろの私は毎日のようにかたく決意するのだが、もちろんその決意は、翌日もくりかえすことになる。

その後、二十歳で私はひとり暮らしをはじめた。ひとり暮らしをはじめたものの、今まで料理はすべて母にまかせっきりで、調理過程を見たことすらないのだから、当然、料理ができないどころか、米も炊けない、スーパーにいってラベルをよくよく見なければ豚肉と牛肉の区別もつかない。

それでもとくべつ困った記憶がない。たぶんそれまで、母の料理ばかり食べていたから、その反動で他のもの、とくにジャンク系の食べものが新鮮だったのだろう。ファストフードや居酒屋の食事に、二十歳過ぎの私はわくわくこそしたが、わびしいと思ったことなどなかった。

米も炊けない、豚も牛も区別できない私が、一念発起して料理をはじめたのは二十六歳のときだ。なぜこんなにきちんと覚えているかといえば、この年、私は小説書きに多大なスランプを感じていたからである。小説が書けず部屋で悶々とし、しかしその悶々と真っ向から向かい合えなかった私は、ひとり暮らしをはじめた際に母からもらった料理本をはじめて開いた。そうして、そのなかでもっとも難易度の高そうな料理――なぜだかごぼうの八幡巻き――を作ろう、と決意したのである。

ごぼうの八幡巻きは、料理本通りに作ってみると、ちゃんとできた。初料理なのにきちんとおいしかった。気をよくして、私はその本を片手に次々とチャレンジをくりかえした。ロールキャベツにビーフシチュウ、餃子に焼売に春巻き、炊き込みごはんに焼き魚、オムレツにグラタンにミートソーススパゲティ。料理をしていると、それが「作る」行為だからか、小説が書けないということを忘れることができた。毎日毎日料理本を片手に半端ではない種類の料理を作るのだから、米も炊けなかった私の料理の腕前はめきめきと上達した（正確にいえば、上達したというよりも、次々と料理本通りに作れるようになった）。このころ私の部屋に遊びにきた友人は、私がかつて米も炊けない女であったことなど想像もできなかったに違いない。

レシピさえあればひととおりの料理ができるようになって、私はまたしても、「料理の素」について思いを巡らせることになる。料理の素なんて、本当に、存在しないのである。かんたんな料理とか手抜き料理と呼ばれるものはあるし、〇〇の素という調味料もあるが、しかしそれにしたって、野菜を洗うとか肉を切るとか、米をとぐとか皿を洗うとか、人は何かをしなければならない。ちゃちゃっとできる料理なんて、この世に存在しないのである。まして手抜きをせず、〇〇の素を使わず、朝昼晩と毎日毎日、一からごはんを作ろうとなると、まったく気の遠くなるような話である。

それを、あの人はやっていたんだなあ。と、ここではじめて、私は母の料理に敬服したのだった。

さて、私が料理を覚えはじめたと知るや、母はちょくちょく私の住まいを訪れるようになった。いつ飽きるかわからないから、今のうちに教えこんでおけと思ったのかどうか定かではないが、実家より狭い私んちの台所で、あれやこれやと料理を伝授するのだ。子どものころ、料理過程をまったく見せず、米も炊けない娘に育てたことをうっすら後悔していたのかもしれない。だしのとりかた、魚のおろしかた、すし飯の作りかた、とにかくなんでも教えていく。私がもうできることも念押しするように教えていく。いや、教えているといらいらするらしく、結局は私に眺めさせて自分で作り、「どう、わかった？」と機嫌よく帰っていく。

じつのところ、ひとり暮らしをはじめてから、私は母を幾度となく疎ましいと思っていた。毎日ごはんを作ってくれたことに対する感謝とは別の場所に、その気持ちはいつもあった。たとえば母は、物書きという私の仕事をよしとしていなかった。三十歳をすぎてもなお、「いつ就職するの？」と平気で言ったし、古典的結婚観をふりかざして、「早くお嫁にいってほしい」とぼやいていた。私とは異なるそういう価値観につきあうのが、私にはちょっとしたストレスだったのである。けれど価値観の異なった母と娘がそのまま疎遠にならなかったのは、料理というものがあったからではないかと、今、なんとなく思う。二十六歳ではじめた料理は、そのまま私の趣味になった。また母にとっても、料理といえば一家言ある分野である。そうして料理に関しては、私は無条件で母を尊敬し、かなわないと思っていた。

料理を作っていて疑問にぶつかると、私はよく母に電話をした。母もまた、何か目新しい料理を覚えると電話をしてくる。料理研究のために食事にもいっしょによく出かけた。レストランのテーブルで、話の方向が就職だの結婚だのと危ない方向に向かってくると、私はいち早くそれを中断し、料理について母に質問をした。料理関係のことならば、母は今まで話していたことをけろりと忘れ、鼻の穴を膨らませる勢いであれこれと話し出すからである。

母は二年前の秋に入院した。胃癌だった。そうとわかったときには末期の状態だった。食事をまったく受けつけなくなってしまった。母の入院中、私たちの話題はやっぱり料理の周辺をさまよっていた。食事ができるようになったら、あれが食べたい。これが食べたい。退院できたら、どこそこにごはんを食べにいこう。そんなこと。

母の入院中はほとんど毎日病院にいっていた。自宅に帰ってくると夜の十時近い。それでも私は毎日、自分で夕食を作って食べた。意地になっていた。かつて母がそうしてくれたように、どれだけ疲れていたって自分で作って食べるのだと思っていた。母が食べられないぶん、私が食べるんだと思っていた。くたくたに疲れているのに料理を作り、食べ、何をやっているんだかもうわからなかったが、意味なんか考えず、ひたすらそれをくりかえしていた。

そうして秋が終わるころ、母は亡くなった。最後まで食事はできなかったが、亡くなる少し前に、水を飲むことが許された。冷たい水をゆっくり飲んで母は「おいしい」とちいさく言った。おいしいという言葉が聞けたことは、私にとって救いだった。

母が亡くなってからすぐにお正月がやってきた。喪中の新年を迎え、そのとき私ははっと気づいた。ああ、母の作ったおせちをもう食べることができないんだなあ、と。

私は今や、かつて母の作ったほとんどの料理を自分で作ることができる。ミートローフもいなり寿司も、しめ鯖もコロッケも、グラタンもスコッチエッグも。しかしひとつだけハナから放棄しているものがあって、それがおせちだった。これも件《くだん》の料理教室で習ったおせちを、母は私に伝授すべく、新年のたびに懇切丁寧に調理法を説明していたのだが、「ほんほん」と適当な相づちを打って私は聞き流していた。伊達巻きやら黒豆やらきんとんやら、作り方を聞いているだけでフランス語で説教されているように気が遠くなり、毎年母が作るんだからいいや、と思っていた。私はこの先もずっと、本当にずっと、お正月には母のおせちが食べられるものだと信じて疑わなかったのである。母の病状を知りながら見舞いにいっていたときでさえ。

そのおせちが、もう食べられない。そう思ってはじめて、私は母がいなくなってしまったことを心の底から理解した。かなしいというよりはさみしかった。母の料理を食べられないのは、自分でも驚くくらい、さみしいことだった。

どんなにかなしいことがあっても、日々は続いていく。日々が続いていくかぎり、私たちはごはんを食べなくてはならない。

今や至る所にコンビニエンスストアがありファストフード店があり、また評判のレストランが続々と登場し、三十年前より、外食は私たちの日常に近しいものになった。料理をまったく作らずに、それでも三食食べて生きていくことは、まったく不可能ではない。ひょっとしたらそのほうが、安上がりでおいしいものが食べられる可能性も大きいかもしれない。たいせつなのは、あくまで食べること、なのだから。

けれど私の個人的体験では、料理というものは、手間を超えた何かだった。食べることを超えた何かだった。スランプ期を支えていたのは料理だし、一度疎ましくなった母との関係修復もまた、料理は担ってくれた。母の入院中、私は料理をすることで気持ちのバランスをとっていた。そうして母がいなくなった今、私は彼女が作った料理を再現することで、母の記憶とともにテーブルに座ることができる。

くりかえすが、私はおふくろの味を信じていない。だからこそ、私はかつて食卓に並んだメニュウを、何度でも再現できると信じたい。失敗したり、アレンジしたりしながらも。

私が味わった多くの料理は、単なる食べものではなくて、たまたま私の母であった女性と、たまたま娘であった私との、関係のひとつなんだと思っている。昨日、今日、明日と、手を抜いたり手間をかけたりして作る私の料理も、食事をともにしてきた、あるいは今、これから、ともに食卓を囲む人たちにとって、そういう何かであればいいなと思う。

今日の夜何を作ろうか、とぼんやり考えることは、ときに煩雑だけれど、ときにこれ以上ないほどの幸福でもある。

解説　世界を味わう小さなスプーン

井上荒野

角田さんを含む何人かの友人たちと、月に一、二回食事をする。

この前は「辛いものを食べる会」というのがあったが、そのとき、隣のテーブル――人数が多かったのでふたつのテーブルに分かれて座っていたのだ――でメニューを熟読していた角田さんが、私のほうへ体を乗り出して、「荒野さんっ、このお店には羊がありますよ！」と叫んだ。

私も角田さんも肉好きで、肉の中では羊は上位である（私は第一位、角田さんは豚が一位で羊はたぶん二位）。お互いそれをよく知っているから、角田さんは眼をきらきらさせて、心底嬉しそうに「荒野さんっ」と教えてくれたわけなのだけれど、私にはそのことがとても嬉しく、もちろん角田さんと相談して羊料理をオーダーし、その味わいは、五割も六割も増したことだった。

本書を読んでいたら、あのときの角田さんの顔が浮かんできた。

人間が人間である特性のひとつに、体だけではなく心でも食べる、ということが挙げられると思う。

もちろん食べることの第一の動機となるのは空腹であるだろうが、同じ素材でも料理の方法によって好き嫌いが出てくるし、同じ料理でも、どんな器にどんなふうに盛りつけるか、どこで食べるか、誰と食べるかによって食欲は左右されるだろう。喜びに高揚し、あるいは怒りに任せて食欲以上に食べる、ということもあるだろうし、悩み事や悲しみを抱えていれば空腹なのに食べられない、ということも起きるだろう。

けれどもその一方で、私たちは生きていく以上、食べないわけにはいかない、という事実がある。泣いて泣いて泣いて、世界なんか消えてなくなってしまえばいいと望んでも、いつかは何かを口に入れることになる。ふらふらと立ち上がり、水道をひねって水を飲み、食べ残しのしけったポテトチップスをもさもさと食べるかもしれない。ひとによってはそういうときにまず白いごはんを炊くかもしれないし、半ばやけくそで、フルコースに挑戦するひともいるかもしれない。たとえ無意識でも生きていく意思がある以上は、ぜったいにそうする。そうせざるを得ないように、私たちはできあがってしまっているのである。

食欲が心に影響されるということと、心がどんなに痛めつけられていても、生きるためには食べなければならないということ。このふたつの事実が並立するということは、すばらしくて面白くておそろしくて滑稽で、ひっくるめて言えば、とても小説的、ではないだろうか。

料理をモチーフにした小説は少なくはなくて、私も書いているけれど、本書は料理を「作ること」に特化して書かれていて、そこが角田さんらしい。後書きには「……私の個人的体験では、料理というものは、手間を超えた何かだった。食べることを超えた何かだった」とある。食べることは受動的であり得るが、作るということはいつでも能動的にならざるを得ない。そういうことなのではないかと思う。ここに、角田さんの小説への姿勢や、ひいては生きるということへの考え方があらわれているような気がする。

「1回目のごはん」「2回目のごはん」というサブタイトルがつけられている短編は、すぐれた料理小説の常として、読み終わるとそこに出てくるひと皿が食べたくてたまらなくなるが、後半にはちゃんとそのレシピが用意されているという幸福な本である。

「1回目のごはん」は嬉しいことにラムステーキ。「2回目のごはん」が中華ちまきで、3回目がミートボールシチュウ。タイ料理のフルコースがあり、ピザがあり、松茸ごはんがあり、五目ちらしがある。出てくる料理はどちらかというと日常のお惣菜よりも、「ハレ」な感じがするものが多い。干物や漬けものやうどんにしても、市販品ではなく、干すところや漬けるところや打つところからの手作りとして出てくるから、やっぱりどこかスペシャル感が漂う。

　といっても、その特別さは大げさなものではない。たとえば「3回目のごはん」で、「ストライキ中のミートボールシチュウ」を作るのは、主人公の夫だが、日頃ほとんど料理をしない彼がめずらしく腕をふるう、という程度の特別さ――いつもより少しだけがんばれば手が届く特別さ、といえばいいか。

　ストーリーにもまた、大がかりなドラマや波瀾万丈はない。登場人物たちはごくふつうの、平凡な人々だ。ＯＬ、主婦、ブティックの店長、アルバイト中の大学生、受験生、男やもめ……。

　描かれるのはおもに彼らの躓《つまず》きや後悔や屈託だ。失恋したり日常に倦《う》んだり、息子に手をかけてやれなかったことを悔やんだり、志望校圏内に入れなかったり、大恋愛をして結婚したのにこんな筈じゃなかったと思ったり。そして料理が登場する。それを作る、そして食べることによって、彼らの中に変化が起きる。それもまた小さな変化だ。ささやかな、けれども決定的な変化。彼らの心の奥深く錘《おもり》を下ろし、読み手の私たちにも、深い余韻を残す変化。

どのお話もおいしそうだが、羊好きとしてはやはり最初の一編についてはぜひとも言及したい。四年間交際していた恋人と別れた協子は、ひとりで迎える最初の週末の夕食に、ラムステーキを作る。焼いたラムの「噛みくだいて飲みこむと、そのままエネルギーになるような力強い弾力」に、恋人と過ごした四年の月日を重ねる。「それは失われたのではなく、今もわたしの内にある。あり続ける」と、肉を噛みしめながら思うのである。この実感には、まさに角田さんの小説ならではの旨みがたっぷりある。

「9回目のごはん」の「なけなしの松茸ごはん」の痛快さも大好きだ。恋人と駆け落ち同然に上京してきた依子は、思い描いていた二人暮らしと現実の生活とのギャップに苛立ちながら、母からわたされた三万円を握りしめてスーパーに向かう。「目に力をこめて松茸をさがす」ところから、彼女の「料理」ははじまっているのである。最も高い二万九千八百円の松茸をふるえながら買い、それを全部松茸ごはんにしてしまう。その決心が、これからの人生への覚悟に繋がる。恋人にぶつける「うちにあった最後のお金で、この松茸を買いました」という科白に、心の中で思わず「いいぞ!」「言ってやれ言ってやれ!」と声援を送ってしまう。

本書には小さな仕掛けがある。

一話目の主人公協子の同僚のけいちゃんが二話目では主人公になるという具合に、登場人物が、各話から各話へと繋がっていく。ぐるりと回って、最終話では一話目の協子のその後がちょっとわかったりするので、愉しい。

あるひとの物語で脇役だったひとにも、彼または彼女の物語がある。これは当然のことだが、同時になんだか途方もない気持ちになることでもある。この世は無数の小宇宙でできあがっている。私たちひとりひとりに、固有の小宇宙があり、私たちはそこで笑ったり泣いたり怒ったり、料理を作ったり食べたりしている。

小宇宙と小宇宙は、ときどき合体する。たとえば、ある料理をともに味わって、「おいしいね」と頷《うなず》き合う、あるいは「何これ？」と眉をひそめ合うとき、小宇宙は繋がる。繋がってできあがるのはふたつの小宇宙に存在しているいろいろを合わせたよりも、たぶんもっと複雑で意外なものである。もちろん再び分裂することもあり、すると以前とはまたべつの小宇宙がそれぞれ出現する。生きていくとはそういうことなのだとしたら、へこたれないように、私たちはやはりせっせと作り、食べるべきなのだ。

「彼女のレシピ」ではなく「彼女のメニュー」でもなく、「彼女のこんだて帖」というタイトルが本書に冠されていることを、読み終わってあらためて思う。

「こんだて」という響きには日常や生活を感じる。なじみ深いそれら、でもなじんでいるから御しやすい、ということはない。日常は逃れる場所ではなく、日常から私たちは逃れられない、と考えるべきだろう。

そこに本書は差し出される。大海に漕ぎだす一本の櫂《かい》、あるいは世界を味わい尽くすための、小さなスプーンとして。

初出：
『月刊ベターホーム』２００５年４月号～２００６年３月号（１回目のごはん～12回目のごはん）

本書は、13回目～最後のごはん、あとがきと料理レシピが加えられて、２００６年９月にベターホーム出版局より刊行された単行本を再編成致しました。

ベターホーム協会の料理教室などに関しては、ホームページ http://www.betterhome.jp をご覧ください。

レシピ写真撮影　中里一曉、大井一範（p182～184）、松島均（p185）
スタイリング　道広哲子

|著者|角田光代　1967年神奈川県生まれ。早稲田大学第一文学部卒業。'90年「幸福な遊戯」で海燕新人文学賞を受賞し、デビュー。'96年『まどろむ夜のUFO』で野間文芸新人賞、'98年『ぼくはきみのおにいさん』で坪田譲治文学賞、『キッドナップ・ツアー』で'99年に産経児童出版文化賞フジテレビ賞、2000年に路傍の石文学賞、'03年『空中庭園』で婦人公論文芸賞、'05年『対岸の彼女』で直木賞、'06年『ロック母』で川端康成文学賞、'07年『八日目の蟬』で中央公論文芸賞、'11年『ツリーハウス』で伊藤整文学賞、'12年『紙の月』で柴田錬三郎賞、『かなたの子』で泉鏡花文学賞を受賞。そのほかの著書に『くまちゃん』『私のなかの彼女』など多数。

彼女《かのじょ》のこんだて帖《ちょう》
角田光代《かくたみつよ》

2011年9月15日第1刷発行
2016年3月16日第12刷発行

講談社文庫
定価はカバーに
表示してあります

発行者──鈴木　哲
発行所──株式会社　講談社
東京都文京区音羽2-12-21　〒112-8001
電話　出版　(03) 5395-3510
　　　販売　(03) 5395-5817
　　　業務　(03) 5395-3615

デザイン──菊地信義
本文データ制作──講談社デジタル製作部
印刷──株式会社廣済堂
製本──株式会社国宝社

Printed in Japan

ISBN978-4-06-277019-4

講談社文庫刊行の辞

二十一世紀の到来を目睫に望みながら、われわれはいま、人類史上かつて例を見ない巨大な転換期をむかえようとしている。

世界も、日本も、激動の予兆に対する期待とおののきを内に蔵して、未知の時代に歩み入ろうとしている。このときにあたり、創業の人野間清治の「ナショナル・エデュケイター」への志を現代に甦らせようと意図して、われわれはここに古今の文芸作品はいうまでもなく、ひろく人文・社会・自然の諸科学から東西の名著を網羅する、新しい綜合文庫の発刊を決意した。

激動の転換期はまた断絶の時代である。われわれは戦後二十五年間の出版文化のありかたへの深い反省をこめて、この断絶の時代にあえて人間的な持続を求めようとする。いたずらに浮薄な商業主義のあだ花を追い求めることなく、長期にわたって良書に生命をあたえようとつとめるところにしか、今後の出版文化の真の繁栄はあり得ないと信じるからである。

同時にわれわれはこの綜合文庫の刊行を通じて、人文・社会・自然の諸科学が、結局人間の学にほかならないことを立証しようと願っている。かつて知識とは、「汝自身を知る」ことにつきていた。現代社会の瑣末な情報の氾濫のなかから、力強い知識の源泉を掘り起し、技術文明のただなかに、生きた人間の姿を復活させること。それこそわれわれの切なる希求である。

われわれは権威に盲従せず、俗流に媚びることなく、渾然一体となって日本の「草の根」をかたちづくる若く新しい世代の人々に、心をこめてこの新しい綜合文庫をおくり届けたい。それは知識の泉であるとともに感受性のふるさとであり、もっとも有機的に組織され、社会に開かれた万人のための大学をめざしている。大方の支援と協力を衷心より切望してやまない。

一九七一年七月

野間省一

9784062770194
1920193005301
ISBN978-4-06-277019-4
C0193 ¥530E（1）

長く付き合った男と別れた。だから私は作る。私だけのために、肉汁たっぷりのラムステーキを！ 仕事で多忙の母親特製かぼちゃの宝蒸し、特効薬になった驚きのピザ、離婚回避のミートボールシチュウ——舌にも胃袋にも美味《おい》しい料理は、幸せを生み、人をつなぐ。レシピつき連作短編小説集。**解説・井上荒野**

彼女のこんだて帖

角田光代

定価：本体530円（税別）

か
88
11